詩人的作業

郭成義 著

序　詩人永遠有做不完的作業

李魁賢

郭成義有新輯成的評論集將要出版，這其實是令人期待很久、又似乎勢所必然的一件事，因為《從抒情趣味到反藝術思想》（一九八四年）出版迄今，已將近三十年，作者評論的文字犀利、切中肯綮、要言不煩，一直在台灣詩壇留下迴響餘音。

多年來，郭成義在秉持自由思想的報紙媒體服務，無暇兼顧志趣所在的文學領域，於今重新歸隊，詩的創作和評論依然亮麗，由秀威接踵出版詩集《國土》（二〇〇九年）和小說、散文、詩合集《薔薇的剪裁》（二〇一一年），現又有評論集《詩人的作業》即將付梓，顯示作者在文學領域全方位作業的再度開展。

在這本新的評論集裡，仍然呈現郭成義風格的特色：論述條理分明、文字清晰、辯解堅決、富說服力，為文不拘長短，盡興而止，既不繁瑣，也無語焉不詳。郭成義為文特別矚目於常為一般人所忽略的盲點，也就是說，常言人所未言之處，顯示他的精明。

寫社論的獨特訓練，當然養成作者的耳聰目明，但驚人的是本書收入的文章跨越四十餘年的歷程，換言之，有些是年輕的作品，如今反顧，更表現了他的早熟，其觀察之周延細密、透析力之強，竟在早年已經養成。從分輯內容看來，其關懷與針砭的議題非常廣泛，對詩專業性的議論，兼揉學識與經驗的印證成果。

郭成義在擅長的現代詩之外，對民歌、古典隱詩、小說、箚記文類出招，莫不發人省思，甚具啟示性，重點是他不是為了作文，而是在追求意義，所以文章有生命力。對凱若、煥彰、拾虹幾位詩友交往的回想，不但深具感性，正好與評論文字的理性，呈現不同的面向，而且深藏內心的友情，令人感受到與詩一樣美的光輝。

秀威三書的出版，可以體會到郭成義不止表現文學生命復活的勁道，還有整理多年來不遑專注的文學業績意味，回顧往往是前瞻的準備和起點。詩人永遠有做不完的作業，從職場退休，反而是文人另一階段創作職業生涯的新機。那麼，《詩人的作業》的出版，不但是詩人的一張成績單，還意味將有更上一層樓的著力和表現吧。

二〇一一年二月二日　除夕

自序　詩給我智力的教養

誠如李魁賢先生在本書的〈序〉裡頭所說，詩人永遠有做不完的作業。詩人的主要任務是寫詩，但詩人在本業之外往往會有副產品，寫評論、寫小說、寫散文等，都是信手拈來之事；詩人而從事政治活動、社會運動、環保運動者，也比比皆是。在日本，我們更看過大詩人參與日常料理或性愛問題的公開討論，這些都是不算稀奇的事。

靠俗一點的說，詩人管的事太多了。

詩人是敏覺者，除了天生浪漫，對人、對事、對物，很容易有自己的看法，對於是非與公義更特別敏感，這是造就詩人在創作領域裡，誇越「詩」這個文體而輻射發展的主要原因。詩人常常感覺自己有不鳴寧歿的責任。

所以，詩人確實有許多寫不完的作業，因為這個世界不可能有詩人所追求的那麼十全十美。

我寫評論，是從我懂得「詩到底是什麼」、「詩應該怎麼寫」、「什麼詩是好詩」之後開始的事，那大概是二十歲前後，也就是一九七〇年前後的事。

我初開始學習寫作，並不是寫詩，而是從小說、散文開始，因為這方面的接觸比較容易、閱讀機會比較多，後來是因為覺得詩比較短，可能比較容易寫，而走上了這一途。

剛開始寫詩，也是懵懵懂懂，學習了一些艱澀的寫法，發表了一些自己也不甚明瞭的詩，總覺得那是美、那是語文的昇華之作。後來接觸到《笠詩刊》，為許多我看得懂的詩作所感動，才算開始真正了解詩。從那時開始，感覺到一股很清晰的論述和邏輯能力自內心升起，漲滿我胸，覺得自己有很多話要說，所以縱使如邯單學步，也依然裝模作樣的寫起評論來了。

這一寫，就再也停不下來。不管是按字數算，還是按篇數算，我還是論文寫得比較多。我的詩不過兩百首左右，但評論文字包括我稍長在報社服務所寫的文章，恐怕已近百萬字之譜，這些歷練，成就了我評論時事與品評詩作的基本功，也影響了我日後寫詩的題材和體裁；不惟如此，評論文章寫久了，對於腦力的激盪也有幫助，有益於我分析和論辯能力的養成。

真的要感謝詩所給予我的智力的教養。

這本論集裡面，蒐集了我自早期以來的評論作品，除了排除已收集在我第一本詩的論評集《從抒情趣味到反藝術思想》，和許許多多佔最大宗的政治評論以外，大部分是以詩評詩論為主，也有一部分是文學性、社會性或人際關係與小品性質的文章，這些林林總總的文字集結起來，主要的，是想在臨老之際，給過去自己辛勤的筆耕留個紀念罷了，所以不揣翦陋，搜羅成書，希望識者有以指教。

二〇一一年二月四日　書於台北

目次

第二輯　詩光片語

第三輯　詩與詩人

第四輯　詩壇掃描

第五輯　文學映像

第一輯

人間觀察

愛情之美

法國普羅旺斯，遠離人煙的牧場上，有一位牧羊少年獨自守著羊群。有一天，忽然來了個主人差來送米糧的千金，她美得就如這少年夢中的公主。

少年送少女回家，可是路上鬧山洪，少女回不去了，她只好在少年獨居的牧場小屋裡過夜。

少年在小小的房子裡，為她舖毯子讓她就寢。

「唯有蒼天曉得，我思潮洶湧，血液沸騰，但絲毫不萌邪念。一想到這位小姐在我的守護下，睡得比任何一隻羔羊都香甜安寧，我就感到無比的驕傲。我從未見過這麼深闊的夜空，這麼閃爍的星輝。」

阿風士．杜德在《星》裡如此描述一位少年的情懷。

對於愛情，人類總有過多的要求。有人為愛不惜傾家蕩產，甚至犧牲性命，下焉者更有為愛而犯下滔天大罪。有許多因為愛而衍生出來的種種不幸和哀傷，大都是來自對於愛情的過多要求，或甚至是不了解愛情的本質，以至於錯過了享受大好愛情人生的機會。

有很多人常常在探討「愛情是什麼」？有一種泛道德化的結論是「愛是犧牲，不是佔有」，這句話只能說是對了一半，或者說是矯枉過正的。愛是犧牲而不是佔有，基本上是對於愛情的神聖作了超越事實的期許，一般世俗人物將之放在嘴邊說說可以，但若要化為實際的行動準則，恐怕是難如登天。

現實社會裡，愛往往是佔有，而不是犧牲。如果我們相信「愛」對一個人的重要性，那麼誰願放棄佔有的權利或機會？將愛犧牲，就是放棄所愛，傻瓜才會做這種事。

然而，將「愛」強調為絕對的佔有，恐怕也不符合這個社會的標準，處心積慮去強佔一份愛，有時往往會造成「愛情暴力」，這樣的愛情非但不美，而且難免混亂了愛情的價值觀，最後引發社會問題，反使愛情的美麗蒙羞，光輝蒙塵。

因此，追求愛情生活必須要有智慧，而這智慧的基礎，必須建築在一顆坦蕩而純潔的心。心如明鏡，不受異念脅惑，才能看得遠，看得美；既無強行佔有的勞累，又不至於濫情用事，才能撥雲見日，享受到愛情的快樂。

阿風士·杜德筆下的牧羊少年為我們提供了一個美麗的見證，主人家的千金在他眼前睡得多麼美麗，他原來可以輕易的「佔有」她，滿足他愛慕的慾望，但雖然

「思潮洶湧，血液沸騰」，卻無一絲邪念；他想到少女在他守護下睡得那麼安穩舒適，心中竟有無上的快樂。從這一角度來看，少年的快樂是純潔而美麗的，所以他能從容的感覺到夜空的深闊和閃耀的星輝。他雖然沒「佔有」，卻也不必「犧牲」什麼，而依然享受到了愛情的津賜。

在色慾橫流的現代社會，換個角度體會一下愛情的甜美，對於愛情，對於每一個人，應該都是有益的；愛情之美來自心靈，而社會之美，何妨來自每一個心靈有愛呢！

一九九一年二月十二日　台灣新生報副刊

松下幸之助的人生觀

照松下幸之助的看法，一個人想在財富的追求上獲致相當的成功，是頗不簡單的，而他的企業羣卻遍及全世界，他的國際牌產品也受到各國消費者的認識及歡迎，使他成為全球屈指可數的幾位富豪和企業界的偉人之一。

話雖如此，他在國際間所享有的評價，有時不是以他的財團而被認定，而是以他的傳奇性和充滿人間象徵的一生而被認定。他的存在，在日本似乎被視為一塊瑰寶，學生視他為一位偉大的教育家，工人視他為了不起的模範，商業界視他為不可多得的長者，學術界認為他是充滿人生象徵的哲學家，這些成就都集中在一位沒有受過高深教育而體弱多病的老人身上。

到底，以一位今年已屆九十歲的老人（註：當時是一九八四年，後卒於一九八九年），他的一生帶給我們多大的啟示？他的成功又是從何而來呢？屬於松下幸之助的「人間象徵」到底又是呈現什麼樣的意義而存在著？

很多人為這一連串的問題感到好奇而加以研究，因此，「松下幸之助這個人」的芬芳和光輝就如同一朵花或一顆鑽礦那般的令人感到興趣。

今年九月由PHP研究所出版的《人生心得帖》一書，松下幸之助寫下了他的人生感想，對研究他的人來說，提供了可靠的憑證和線索，成為幸之助最具人間魅力的一本著作。

本書是以松下幸之助站在所謂「成功的過來人」的立場，對自己的一生所思索而成的期勉錄，或許也含有廣義的「人生備忘錄」的意義，是他對於如何做一位成功和完美的人所加以考察的結果。

事實上，松下幸之助處處顯露了人生必須合乎自然理法的原則，他也非常強調命運乃是自然理法下的一種不可強加抗拒的能量，他一方面相信成功必須依靠奮鬥，且奮鬥是艱難的事，但又相信命運給人的安排是上蒼的旨意，人必須順應這種不由自主的安排，才能適當的掌握自己的天賦、才能和環境，而加以正確的活用。

相對於一般成功者之疾聲厲呼人生是一場艱苦的奮鬥，松下幸之助卻淡然的表現出了那種「盡人事以待天命」的謙沖的胸懷，別有不同的見地，他舉出拿破崙和希特勒的例子，說明他們是超越了自然理法的範圍，強使自己的能力破壞自然理法，以致最後遭到悲慘的下場。

他明白表示：「人確實有許多不可能做到的事，所謂不可能便是指違反了自然理法。例如，人必定會年復一年衰老，這是自然理法，如果違反此理，冀求青春永駐，則是絕對辦不到的。」

這種宿命論的說法，有時會令人駭然一驚，然而，我們仔細推論他的思考，則又不免有「柳暗花明又一村」的領悟。人的確無法做出超乎本來能力的事，那麼，人的一生或人類的歷史是否就如此限於個人的天賦、才能和環境？松下幸之助可沒有持著這種想法，在他的人生主張裡面，除了順應自然理法，並適當的掌握而加以正確活用之外，他相當重視「羣體」的能力，他認為上蒼雖限制了人個體的天賦本質，卻沒有限制羣體努力的潛能。

「個人所擁有的才能及智慧是有限的，所以應該積極的去借重別人的智慧。」

「每個人都擁有不同的智慧及無可限量的潛能，當大家對此有所了解，並同心協力加以開發時，就能為社會帶來繁榮，使人類更幸福。」

松下幸之助對自我以外的他人，顯出無比的重視和信心，關於「我」與「他人」之間的聯繫，他在文章裡不斷地予以強調，並且提出了信任別人、常存感激、尋求意見、體諒別人、利用熱情與誠意感召、彼此尊重因年齡所產生的差異等等的方法，來決定自己的工作、能力和成功，如果不這樣，而頑固的守在自己的窠臼裡，即使對超越自然理法的企圖勇氣十足，卻免不了功敗垂成。

在這種認識下，他事業獲致成功，他的人生也獲得充實，他在他的事業裡採取了這種人事戰略，而在他的人生道路上，也採取了這種態度，他不否認從他人身上獲得相當的益處，日本象棋界「王將」坂田三吉使他領悟了善用物品的訣竅；一百餘歲的雕刻家平櫛田中使他了解人必善用生命的真諦，這些都被他處理成一種獨特而高超的人生觀，並加以活用，轉成為他的社會觀，這是他所以稱得上偉大的地方，或許也可以說是「松下幸之助這個人」所具人間象徵之所在。

今年恰值九十高齡的松下幸之助，他認為這些壽命乃是上蒼所賜，因此心存感激，他說：「我必須將目標定在一百三十歲左右，並經常激勵自己，使意念燃燒，而去從事每日的工作。爾來我都是朝此目標在努力。」持著這種應將上蒼所賜予的天年充分應用，而給壽命定下目標的松下幸之助，確實有超乎常人不可及的人生境界，他相信人的壽命中有百分之九十屬天壽，剩餘的百分之十乃是人壽，是可以經由人的努力而使壽命增長或縮短的，這給他「人應順應自然理法」的人生主張添上幾筆希望的色彩。

一般在談論松下幸之助的偉大時，通常是對他所建立的松下事業王國感到魅惑，然而他的偉大，應該繫於他的人生的諦觀才顯出迷人的光彩的，這一點，當我在東京發現他所著作的「人生心得帖」這本書時，對於偉人之所以為偉人的問題，心中頓時湧起了答案。

一九八四年十二月　金文版松下幸之助「人生心得帖」附錄二

未知的因子

我已經活了三十多年的歲月，有人說歲月是每一分每一秒累積下來的，我以為那是形相上的說法，對我來說，這種解釋固然是「很科學」的，但對人的生存並沒有產生更巨大的意義，也就是說，以時光的累積而形成的人生，是一點魅力也沒有的。

我以為人的一生是由許多微小的「未知數」的因子所累積下來的。由很多的「未知」，以及很多的「未來」而延伸成了一生，連降生在何種國度、何種家庭，都是未知數的結果。

在小學的時候，我不知道我會考上那一所初中，在初中的時候，我不知道我會考上那一所高中，我甚至連將來是否能唸到大學，拿到博士學位，一直在心中存有莫大的想像；我從小也在想像，我將來是否能跟某一個女人結婚，她是誰？她長得美嗎？我將來會從事何種職業？我能組織一個富裕的家庭嗎？我的兒子女兒會長得怎麼樣？

有些未知數已經有了結果，已經看見了結果的現在就是由那些以前未知的因子所產生的現實。但是將來的我的「現實」又是什麼，那仍然還有許多未知的因子在繼續運作中，我無法確知，所以我活著，還有許多期待，還有許多追求，那才是美麗的。

我想等待此刻未知的因子未來會運作成何種結果，所以繼續活著就變得有意義，或許我現在正在等待我的兒女將來的發展，他們會娶妻嫁人，到時我的家庭又將做如何的變化？在我臨終前的一刻，我將是怎麼樣的一個人？我將面對什麼？那都是不可知的，因為不可知，而在將來又勢必產生出現實，成為一種結果，到最後變成我全部的一生，那對我而言，才是最重要的。

歲月固然是一分一秒的過去，但在那一分一秒中，突竟潛藏著多少未知的因子在運作著人一生中的變化，每想到這一點，總就覺得人真是個龐然的巨物，而人生的美，就在於這微小的因子和巨大的人物所比照出來的那份上帝的機智吧！

一九八五年二月十五日　笠詩刊一二五期

多餘的哭聲

我的孩子們正在逐漸長大，尤其是老大，國小四年級，體重已直逼四十公斤，雖不算肥胖，但肌肉的增長卻似乎很明顯，我彷彿天天在他身上發現成長的痕跡，心中不免有幾分快慰。

但小女兒的年紀較小，因為不懂事，時常遭到母親的責罵或處罰，我看了心裡有些不忍；不忍心的原因並非孩子的哭聲引發我的憐憫，而是感到由於大人的過份保護自己，時常使小孩受到不該有的屈辱。

按照所謂「教育」的觀點來說，大人責罵或處罰小孩原是無可厚非的事，但大人很容易受這種「絕對優勢」的直覺所欺騙，以為所有對小孩的處罰或責罵都是基於教育的目的，且可以收到教育的效果，因此輕易地養成了濫施「教育處罰」的情緒，使小孩產生原可以避免的「多餘的哭聲」。我深切的發現到，有很多大人自以為是的「教育處罰」，其實是多餘和缺乏理論根據的。

任何父母親都難免有這樣的經驗：當小孩吃飯的速度過於緩慢便加以責罵，理由是小孩不該延誤了大人洗碗的工作；當小孩拒絕大人給他安排的洗澡時間便加以責罵，理由是小孩延誤了大人的作息時間；或者是當小孩不理會大人的警告而玩髒了衣服便加以責罵，理由是增加大人洗衣服的負擔……等等，這些都是大人將小孩放在與自己一樣平等的地位而予以要求的結果，這種要求很容易造成衝突，而因為大人擁有絕對的優勢，以至於要求小孩放棄他們的生活立場，如果大人遭受挫折，便濫施教育處罰，產生小孩「多餘的哭聲」。

在大人的世界裡，挫折是一項重大的恥辱，但沒有人願意去相信挫折往往是因為自己的要求不得當，或是失去了方法的結果，這在大人與大人之間的競賽中，要獲得補償是很困難的，但是在大人與小孩的競賽中，靠著絕對優勢而給了小孩一個耳光的大人，很快就取得了補償的快感，這也許就是每一個小孩渴望於快點長大成人的理由吧？

一九八五年四月十五日　笠詩刊一二六期

詭辯的世界

每天下班後，我都從台北車站搭公路局回基隆，從車站到忠孝東路與基隆路口，大概不超過五公里，由於交通擁塞，車子總要開個三十分鐘，嚴重時也經常耗費五十分鐘左右，對於這樣的交通效率我感到十分的憤慨。

從電視上看到一則交通宣導短片，題目是「下一個紅燈再見」，大意是某些道路經過有效的電子操縱，即使甲車在前一個紅燈口超越了乙車，但到了下一個紅燈仍會被乙車趕上，因此勸大家不必超速。

看到這樣的「廣告」，令我感到十分傷心。我經常在下班的路上，看見一車緊靠著一車，寸步難行的車龍，在那種情況之下，就算是一條沒有紅燈的道路，如果不設法搶道超速，甲車和乙車永無再見的機會，這是毫無疑問的。

又有一則電視標語，呼籲民眾應該歡迎警察時常到家裡作戶口調查，因為有警察走動的地方，是最安全的地方。可是，根據我們的經驗，卻時常發現，我們需要警察的時候，警察並不在；當我們不需要他時，他的到臨反而令我們覺得受到騷擾而產生不安。

在理論上應是無懈可擊的道理，被運用在實際上時，往往會顯出虛敗的本質，這就是詭辯的世界之一面。「下一個紅燈再見」和「有警察走動的地方是最安全的地方」之立論或許有其根據，但事實的變化卻不一定適用。或許可以說，有些「道理」看來義正辭嚴，氣勢凜然，但未必是絕對。

有趣的是，我們常常毫無自覺的創造一切道理來強化自己和滿足自己，在生活上如此，在教育上如此，在政治上尤其如此。

當然，道理本身有其邏輯上的架構始成為道理，它原是不具備詭辯而組成的，它看來非常的誠實和堅強，所以我們更容易相信它，更期望去創造它，也更急切的去享用它。但道理無法排除私心的利用，由於講出它的人立場與用意之不同，而落入詭辯的嫌疑，甚至道理與道理之間互相衝突，例如我們常說「退一步路，海闊天空」，而事實上也有很多的道理支持我們：人生只有前進沒有後退。

我的孩子在學校的成績總是保持得不錯，現在聽說學校卻有意廢除排列成績名次，理由無非是為了保障其他學生的「學習興趣」，這或許有道理；可是，有一種道理說：「人生是一連串的競爭」，我們也不能說這是錯的，那麼，這兩種道理之間，彼此的抵抗性就產生了詭辯意味。既然不許讓小孩有爭「第一」的機會，社會上卻充滿了鼓勵爭第一的氣息，就連國家也時常在爭取這種優越感呀！

雖然是詭辯，但道理確實不能不存在。人類之所以需要各式各樣的道理，大概是源於人類由無秩序的世界所生，為了脫離這種陰暗的胎生意象而趨向偉大和秩序化，於是藉著道理的創造和運用，使強者愈強，弱者馴服，產生了秩序，這是「道理」用於人間的最大好處。

換言之，道理屬於強者所有，雖然我們也有一些「誡好強」、「誡爭名奪利」的大道理，那不過是給弱者吃的定心丸罷了，誰不想「百尺竿頭，更進一步」？處在這個詭辯的世界裡，當一個強者，真的比較好。

一九八五年六月　笠詩刊一二七期

親密的客人

我有一個朋友，她與一位姓黃的海關人員很要好，一般人認為他們終將走上地毯的那一端，但她最近結婚了，新郎卻不是他。我問她是什麼原因，她說他這個人完美無缺，是典型的「嚴以律己，寬以待人」的楷模，但正因為如此，她反而不敢把終身大事託付給他。據她多年來的觀察，認為他將來會成為一個「寧可辜負妻子，不願慢待朋友」的丈夫。

一個好人好到如此地步，那真是可怕的。她之放棄了這位黃先生，本來是一種自私的行為，可是我卻認為她的顧慮不無現實上的條件，每個女人莫不希望她在丈夫的心目中永居第一優位，這是無可奈何的。

我又有一個朋友，他向我訴苦，他說人人都稱讚她太太是個賢妻良母，可是就沒有人相信他太太對自己的丈夫非常「苛」。他給我舉個例，他說他時常為了看電視節目而與太太的選台意見不合，為此夫妻吵架了多次，最後只好讓她了；可是每次有客人來，她太太總是殷殷勤勤的把選台的權利讓給客人，她認為別讓客人不高興才算「待客之道」。

他又說，他有時候在晚上或假日想帶著太太去散散步逛逛街，她卻一次也沒答應，總是推說時間太晚了、想睡覺、衣服還沒洗啦，或是下雨啦、天氣熱啦等等，可是只要她的親友來通電話約她出門，不管時間多晚或是天氣多壞，她總是不會拒絕，草草把衣服洗了便溜出去。

他說，平常她的太太對他也還算不錯，就是這種毛病他實在受不了，想到自己在太太的眼中連個「外人」都不如，他興起了離婚的念頭。

這兩起個案的兩對男女，其實彼此都深愛著對方，但為什麼會發生這樣的事呢？夫妻之間的關係究竟如何，或是夫妻之間應該保持著如何的關係呢？我不是專家，可是我有興趣去想，而想來想去，就想到了中國人的一句婚姻哲學「相敬如賓」四個字。

我本來對這四個字相當反感，總認為那又是詭辯世界裡的一種魔術產品，夫妻如果客客氣氣的，還算什麼夫妻呢？可是現在相信了，雖然我對這四個字的解釋方法與人不同。

在研究人類空間行為的「領域學」裡，夫妻是無距離的，他們親密到可以赤身裸體擁抱著做愛而無任何心理障礙或負擔。因此大家都過於信賴夫妻之間那種親密而無距離的說法，這種心理信仰一旦遭到阻礙，便會造成違離感；加上夫妻相處日久的那份放縱的感情，在阻礙造成後極短的時間內，便會把那種違離感立刻透過情緒予以無約制的爆發，而產生了所謂口角、打罵或連續數日冷戰的結局。

如果是外人，則親密距離不夠，違離感減低，便容易約制情緒的爆發，這就是為什麼人世間夫妻吵架的頻率最高之原因，常見的例子是外人嫌你這裡不好、那裡不對時，你總會忍讓著裝謙虛，頂多一肚子悶氣；但如果是出自夫妻一方的批評時，你立刻會用各種行為或方法予以率性的反擊，所以夫妻比不是夫妻更容易產生或擴大磨擦與衝突。

也許夫妻的結合不過是建基在做愛的快感上而已，說得寬大一點，夫妻所以親密的原因，無非是尋求肉體的歸屬感而已，即如「愛」這種東西也或許是由此歸屬感所生出的，並非天經地義；嬉皮說「小孩是性的副產品」，大約就是這種概念下的說詞。如果我們能這樣想想，或許不至於被「夫妻」這種冠冕堂皇的名詞給沖昏了頭，而隨時保持夫妻之間相敬如「賓」的清醒，彼此以待客之道相對，不做過份的要求和期望，違離感便會自動減低，這樣的夫妻生活是不是會因磨擦的減少而更恩愛呢？

我不是要把夫妻的關係拆得如此失去朦朧的美感，因為一個懂得「美」的人必先瞭解什麼是「醜」。

一九八五年八月十五日　笠詩刊一二八期

關懷與藉口

根據一項最近的報導顯示，在經過了一段官方與民間的長期努力，並動員了無數社會知名人士參與的「反毒」宣傳活動之後，青少年學生吸食安非他命的比率仍是只增不減。這樣的結局其實先已可預估，我們這個社會雖然表面看似在進步狀態中，但對處理「教育」問題的努力，仍處於亞流與不及格階段。

以一首反毒歌曲「因為我們一直在這裡」的歌詞來說，這句話本身即呈現了與事實產生「矛盾說明」的效果。假若「我們一直在這裡」是代表一種對青少年關懷的存在，並且能有效幫助吸毒人口戒毒，則今日青少年吸毒問題的嚴重，豈非反證了過去「我們並不在這裡」？因為如果「我們一直在這裡」，則今日的青少年應該是不至於去吸食安非他命的。事實說明了「我們」是否「在這裡」，與青少年是否吸食安非他命無關，企圖用這種感性訴求的方法去打動青少年的心，難免成了「剃頭擔子一頭熱」，也輕估了青少年次文化的自主性。

今日由於大眾傳播事業及其領域的高度擴張，青少年行為有日趨同質化的現象，偏差行為容易集中暴露，造成社會問題的基礎隱憂。而國內研究青少年問題的風氣也相對大幅成長，特別是藉由媒體的暴露，諸多青少年偏差行為的理論均可見「原封不動」的搬上媒體使用，各種電視劇及社教談話節目，都能見到防制青少年偏差行為的診治妙方；然而，最大的問題卻在製作單位沒有能力消化理論，把理論直接暴露於受眾，更要命的是通常都把最後的責任諉諸家長或社會，以顯露對青少年關懷與諒解的立場。

這樣的立場雖屬無可厚非，但卻非最好的方法，因為同時媒體也在為青少年製造其偏差行為的藉口；例如青少年之所以產生偏差行為，在我們媒體上的表現「清一色」都被簡化地描寫為父親酗酒、應酬不歸、母親沉迷牌桌等，似乎家庭缺乏親情為唯一的「元凶」，到處都在渲染父母未曾給與子女應有的關懷與溫情，這種「唯一化」的背景陳述，在在都給了青少年啟發其偏差行為的藉口。在這多元化的社會中，父母親的能力及時間都相當有限，媒體實不宜暗示子女對父母有過度的需索及依賴。即使在學理上，家庭問題確實影響青少年身心發展，但媒體在處理此一問題時，通常都因為其便宜措施，而使得慣於接受媒體影響的青少年容易學得如何從在家庭裡尋找藉口，並且在父母的行為中雞蛋裡挑骨頭，以作為其偏差行為的潛在心理支持。

這是一種頗為危險的「教育」，有時候我們倒希望回過頭來作另一角度的反省：我們是否為這一代的青少年想得太多了？青少年問題真的一定來自破碎家庭？自暴自棄的校園浪子難道一定是「放牛班」存在的結果？我相信，今天若沒有「能力分班」，校園問題同樣存在，但我們的社會及媒體從來都是「便宜行事」，未曾從方法上去突破尋求教育規則的演練，只會作理論的自然性呈現，雖然教導了父母，同樣卻也教導了青少年如何使偏差行為「師出有名」，這不由得使我深深的擔憂。

一九九一年三月十七日　台灣新生報副刊

新女性觀

一般學者在研究解嚴後的台灣社會運動之時，通常都會把焦點集中於環保、勞工與農民三大運動，主要的理由可能在於這些運動已完成一較為穩定的體系，在控制途徑上也較具規則化；不過新女性運動也應該是一個重要的課題。嚴格說來，新女性運動在台灣的發展，應比上述三項社會運動要來得早，而且較無阻礙，其成績頗有可觀。

每次觀看中視「女人女人」節目中的「相對論」，女性講者那種言詞銳利而咄咄逼人的辯才，常常令我對男性講者倒捏幾把冷汗。在台灣為新女性運動掌旗的女士，多半具有留洋的高學歷，而其事業成就也都不讓鬚眉，難怪舉手投足之間都能對男士造成一股壓力，不易招架。她們的表現，想必能使電視機前的女性觀眾都有「打敗臭男生」的快感。

新女性主義者之言詞所以能逼人，基本上還有另一層理由。長期以來傳統上男女不平等的現象，累積了太多的話題，足供女性知識份子使用，而這些話題又常常會誘使男士陷入不自覺的「認罪」狀態，所以在電視上我們常看到男士講者小心翼翼的應付，而女性講者的「攻擊性辯論」卻勢如破竹，因此畫面上的優劣情境總是一面倒。毫無諱言，藉著傳播媒體的方便，增加了新女性運動的知性魅力，使得她們提早成功的可能性日愈形成。

不過，新女性運動也不全然是知性主義的玩物，社會型態所導致的兩性角色變遷，「女性社會力」自然增強的趨勢，也是促使新女性運動水到渠成的主要因素之一，這牽連到相當多的社會因素變項。新女性運動本質上應屬發軔於文化性的自覺運動，但性別角色的自覺變遷，卻能充分地影響到社會而發生互動的效果。畢竟這世間只有兩種人，一種是女人，一種是男人，無論性別的價值與地位如何，女人主宰了一半的世界，這是事實。因此，把女人提高到至少是與男人平等的地位，即使今日不做，將來也勢必會做，這是新女性運動最值得憑恃的「本錢」。

新女性運動者並不主張以擊倒男人或征服男性為快，不過，這幾年來她們的強勢表現可能已使得一部份的男人受到絕大的壓力，這是可以預作評估的。從就業市場來說，女性的職業角色已大可與男性並駕齊驅，特別是受薪階級的女性已不下於男性人口，而上自部長下至販夫走卒，只要男人能做的，女人也能擔任，女司機、女警、女兵已統統出籠，除了不能做「爸爸」和「丈夫」之外，女性的角色無遠弗屆，未來男士成為就業市場「邊緣人」的疑慮，恐非杞人憂天。

天生陰陽，是萬物秩序之一環，兩性必須維持和諧關係，以男性為主的世界已受到挑戰，傳統的男性沙文主義必須調整，這無關甘願與否，因為只要教育越進步，男性壟斷社會主權的機會便越小，這是文明演進的必然。因此，新女性運動的結果，必將促使女性拋棄傳統的「小媳婦」角色，提早使兩性平衡的時代如實到來。

註：中視「女人女人」節目由趙寧和崔麗心主持，一九九〇年及九二年都共同得到金鐘獎綜藝節目獎與綜藝節目主持人獎，也開創了兩性談話節目的先河。（二〇一〇年八月二十一日）

一九九一年四月　未發表

空間的延伸

在帝制專權時代，並無國會的設置，朝廷即為國會，而政府官吏又兼為民意代表之職，當場相與議決國事，但由於天威當前，議事過程不可能不井然有序。自民主思潮大開，近代政黨政治形成，國會言論難免過激，且黨派爭伐亦不可免，這種現象固有異於傳統之政治生態，但猶為民主政治之常模。不過，像台灣這種動輒打群架，並且越演越烈的情形，實在值得重視。

台灣國會肢體衝突頻仍，若要推究責任，民進黨自是不能免責，而該黨以此高頻率動作來投射其從事政治抗爭的壯烈影像，是否符合其利益，也還待考察。但通常「打架」行為雖有預期回收代價之動機，卻也相對必須付出成本，且往往成本顯著過高，民進黨寧取這種利益不確定的投資技術，恐非事出無因。宗教家一般相信「惡之本質為缺乏：缺乏正當的秩序」，以此鑑界民進黨的處境，可能別有洞天。

從近日立法院與國大所燃起的系列戰火來看，國民黨主導國會決策的個性過強且失於權變，應是導致民進黨不惜以肢體抗爭解決不滿的重要因素。國會屢次發生肢體衝突，我們均不難從中發現，國民黨主控國會壓迫全局的傳統個性，常是引燃民進黨手中所握導火線的主因。國民黨為一外造政黨，大凡法案或決策多為來自中央之授意已決，國會通常只為完成其合法化程序而存在，國民黨的黨團成員已難有翻案之能力，何況民進黨。

民主政治既鼓勵反對黨存在，而反對黨之政治席位全屬選民之付託而擁有，自有不同於執政黨之主張與政治文化，其間衝突須賴議會之協調；而幸或不幸的是，國民黨自始即壟斷了台灣的議會，議會制度最終均由「人頭表決」把關，民進黨既無從著力於說服國民黨的國會外造決策，數人頭表決又永居下風，問政空間相形狹小，除非放棄任務，或附驥國民黨而成為其決策核心的橡皮圖章，否則便只有擴張肢體，使肢體成為其空間領域之延伸。

無論有形或無形的空間壓迫，均能對人類的情緒、行為造成影響，若我們仔細觀察，鳥籠內的鳥兒由於四處碰壁，其飛撲、跳躍或棲止的動作，都較自然界中的同類為誇張，而話劇演員的口白與動作，也比常人較具誇大，這是因為在有限的舞台空間內，若肢體語言不做較大幅度的擴張，其行為的效果將被無限空間所含的「日常性」所同化、消滅，這顯與舞台藝術的任務相違背。

知彼鑑此，國民黨的外造性國會結構，及其傳統決策的角色不容剝奪，是使民進黨政治舞台因此受到侷限，成為籠中困鳥的主因，在此一因素未消失之前，民進黨的肢體抗爭顯然尚無理由終止；而欲此一因素之消失，則俟國民黨威權性格之解體，且民進黨之國會席位能獲抗衡性之增加。在目前民進黨未能獲得高額國會席位之際，台灣尚不可能實現政黨政治。所以，嚴格說來，立法院長梁肅戎宣告台灣民主政治已經死亡一詞，還是比較誇張的說法，因為台灣的民主政治其實還不算誕生。

註：一九九一年四月，民進黨反對老賊上國大修憲，除退出國大抗議，並發動大規模遊行抗爭；十二日前立法院長梁肅戎遭民進黨立委張俊雄在院會「為台灣人民打的一個象徵性巴掌」，梁肅戎也立刻出手還擊，兩人發生扭打，梁肅戎摔倒在地，民進黨立委盧修一、戴振耀等衝上主席台拆毀麥克風，梁肅戎命警衛將盧修一與戴振耀架出議場。（二〇一〇年八月二十一日）

一九九一年四月十八日　未發表

體察蒼生

偶然在報紙的角落讀到一則簡短的報導，一位名叫維埃拉德的生物學家對鸚鵡進行了十二年的研究，他認為在原來的生活環境當中，鸚鵡並不模仿別的聲音，而牠之所以模仿人類的聲音，主要係消除受到壓抑的一種方法。

維埃拉德說，鸚鵡特別戀群。在人工飼養的條件下，牠模仿人的聲音並不是因為受到良好的對待，而是為了在某種程度減輕與棲息地斷絕聯繫所帶來的痛苦與孤獨。

報導中並未說明維埃拉德何許人也，我也不確知他是以何種方法進行此一研究，甚至對他的這項研究報告存有幾分科學性的質疑，但我確也不能排除其答案的可能性。假如這個研究報告是正確的，則我不僅為鸚鵡叫屈，同時也為鸚鵡而深深感動。

鸚鵡之學人牙語，在人類的社會裡，成為牠存在的重要生物特徵，而超過其物象的特徵，牠斑爛多彩的外貌還不如牠能學人說話而受到人類較多的青睞。不過，也由於鸚鵡僅能機械似的覆誦主人所教導的語言，因此也往往成為人類取笑的對象，牠的屈從、媚主與傳播二手語言的功能，更常成為詩人筆下奴隸的投射體。

維埃拉德說，「鸚鵡模仿人的聲音並不是因為受到良好的對待」。但人依據飼養寵物的經驗，卻不免自發性地認為鸚鵡善學人語乃含有取悅人類（飼主）的天性動機，因此鸚鵡的媚主取寵經過擬人化處理，便成了奸媚之徒或卑微低賤的應聲蟲。

因此，如果確定了維埃拉德的研究為真，則人類對鸚鵡的誤解實可用「殘忍」二字形容。根據維埃拉德的說法，鸚鵡是為了減輕與棲息地斷絕聯繫所帶來的痛苦與孤獨，才模仿人的聲音；換言之，是為撫平失去故鄉的哀愁，這種轉化行為，究其根源，不僅值得感動，也值得萬物之靈的人類痛加關懷，而今竟不僅輕易忽略了鸚鵡痛苦與孤獨的根源，且對其痛苦與孤獨的根源加以取笑，焉能不說是殘忍。

鸚鵡的故鄉究竟何在，在人類的資訊流通作業中幾少觸及，人類對鸚鵡產地的了解還不如對熊、大象、鯨魚或候鳥等這些保育動物的了解，似乎鸚鵡天生是被飼養的家禽。在人類日趨關心自然生態的此際，從鸚鵡的鄉愁應可衍生出許多重要的課題，究竟故鄉對於鸚鵡是有何種意義？在人類的社會以強力破壞了自然生態的秩序之後，人的故鄉愈顯擴大，而其他生物的故鄉愈顯消失，對於牠們的悲鳴我們是否用心聆聽？我不由得不懷疑，所有聽命於人類的馴物，都是其故鄉被人類所掠奪。

我讀過多位詩人以鸚鵡為題材所寫的詩，鸚鵡在詩中常是個卑微而可憐的角色，固然詩人藉著鸚鵡覆誦主人教導的語言之意象來反射主人的威權，但鸚鵡的哀鄉之美卻沒有人可以領略，這是我覺得不忍的。維埃拉德的研究告訴我們，鸚鵡學人牙語的根源應該受到尊敬，而人類悲憫萬物、體察蒼生的能力必須加強，詩人尤其是。

一九九二年六月十五日　笠詩刊一六九期

第二輯

詩光片語

沒有感動，不要寫詩

因著參與兩場笠同仁作品合評的機會，使得荒廢詩業逾十五年的我，重新讀詩，重新被感動。

在談到陳鴻森作品時，我提到〈妝鏡〉裡丈夫在遠洋從軍的婦人的哀愁；談到李敏勇〈旅情〉一詩裡儼然不知丈夫的心還未從北海道歸來的妻子，我都深為之感動。此後，我一想起這些詩中所描述的情景，覺得能讀到這些詩，實在令人感到愉悅和幸福。

我在想，所謂「詩的本質」，其實不必做過多深奧的解釋。詩的本質最基本的便是「感動」，沒有感動的詩，不是詩，不會是好詩，儘管有再多的技巧，再豐富的藝術性，都會是弄巧成拙、失敗的詩。梵樂希曾說，感動會創造另一個世界的活力，但如果置之不顧，便會往時間之河中悄然流逝，而寫詩就是把這種感動保存起來的作為。史班德進一步指出，這種感動是所有藝術絕對共通的成立條件。

台灣有很多人寫詩，作品也如恆河沙數，但能感動人的詩少之又少，很多人用了很文藝性的字彙，堆砌出一句句莫測高深的詩句，完全難以理會其所表達的內容，頂多只是流露一種「詩意」的氛圍，即或有所內容，卻又難有感動，無論誇飾為現代、超現實或後現代，都讓讀者覺得茫然、無味。

然而，感動亦不唯只是感動而已，詩的感動也有深淺強弱之分，就像地震一樣，小地震鮮有危害，人們感受不易，不覺得地震的力量，同樣，詩的感動若陷於平凡，或詩人表達能力不足，就不能讓讀者感受到力量，不覺得詩的存在；而大地震雖會有大破壞，但也只有這種地震，才能讓我們感受到巨大的地底能量。

具有深層感動能量的詩，會把詩人或讀者原有的感情平面及其稜線全面破壞、崩解，重新建構感情的高峰，創造出梵樂希所謂「另一個世界的活力」。

寫有感動的詩，才是詩。沒有感動，不要寫詩。

二〇〇四年二月十五日　笠二三九期

不是感情，要感動

我曾說：「沒有感動，不要寫詩」。

感情是詩的要素之一，沒有感情，詩只是文字的木乃伊；但感動和感情還是有層次上的差別，不要聽信所謂美學大師朱光潛的話：「詩以情趣為主，見於聲音，寓於意象。」因為有情趣不一定有情緒，有情緒不一定有感情，有感情不一定有感動。

以情趣起家的詩，一開始就只是玩趣味而已，不會有大開闊的思想，不容易創造感動。初學者或可就此入手，但最後一定要回到感動的路子上。

而且，感動也不只是詩人自己的感動而已，而是進一步要閱讀人得到感動。這個「感動」，是要有形同針椎刺骨的效果，它經常是可以名狀的。

有人常把感覺、情緒、情感、感動等混在一起，其實前三者都是比較模糊的，只有感動是閱讀的人自己可以名狀的，例如像是心裡頭被刺了一下，或是突然豁然開朗了，有實質的領會。

很多人，尤其是年輕人，寫詩喜歡玩弄造型，用了很多語彙在形容、堆積某些情緒或感覺，藉以消遣或諷刺世人的無奈、失落、迷失等文學的慣性面，以顯露詩的智慧，其實卻抓不到重點，喪失了感動。想到顏色就想到心情、想到天空就想到雲、想到日月，這是很日常的發現，在閱讀以前大家都本來存在的感情，不必等到詩人來發覺。

在詩裡充塞感情卻得不到感動，那實在是浪費。從顏色到心情之外還有什麼？從天空到日月之外還有什麼？詩人要這樣往深處想、往高處想，要無窮盡的從語言和思想裡去追求，去抓到意義，給出感動，不要把感情放在詩的器官裡結石。

二〇一〇年六月十五日　笠詩刊二七七期

詩人之眼，關懷之眼

一個週末下午，與妻在河濱公園小憩，頭上有幾塊濃得化不開的烏雲，像沉重的鉛塊吸附在天邊，奇異的是，更遠處的天空則是一片白茫茫，一架民航機出乎意料的從我頭上掠過，夾著震耳欲聾的聲響，我和妻不約而同的指向頭上的天空喊著：「看，飛機！」興奮一如孩童。

飛機由近漸遠，朝遠方那片白茫飛去，我們目不轉睛的盯著，深怕一不小心，飛機就不見了，因此，儘管過了很久，天空幾乎已找不到飛機的痕跡，但我們的目光仍清楚的尾隨著飛機行將消逝的黑點，我們知道，飛機還在那兒。

妻說：「現在如果告訴任何一個人，說天上有一架飛機，一定沒有人看得到，除了我們。」對妻的發現，我快樂的點頭，我並且告訴她，就在六十年前，詩人艾略特在談到詩的影響時，曾舉了這個例子來說明，他說：「詩的影響，在那最遠的末端，當然是非常散漫的，非常間接的，非常難以證明的。這好比追蹤晴空中的鳥兒或飛機的去向一般：假如在相當接近的時候你看到他，而且當它越飛越遠時你的眼睛仍然盯著，那麼在相當距離之外你還是能夠看得到，可是那樣的距離以別人的眼睛，即使你想指給他看也是看不到的。」

妻對詩人的敏銳，極端驚訝。

艾略特用這個例子來說明詩的影響，不過，從另一個角度，我們也可以用來解讀詩人的關懷之眼、現實之眼。在現實中，有很多事物是原本存在的，但因人的疏忽或愚鈍，並不曾發現，而詩人就是要把這些被隱沒的事項還原，告訴世人，有些他們看不見的東西，是存在的，詩就是挖掘世人意識深谷的馨香之花。

因此，詩人要有關注事物的能力，要尾隨現實的蹤跡，並將之揭發，讓現實的善惡美醜獲得澄明。對現實事物失去關懷能力的人，天空對他們或許只是幾片雲，他們的視野是永遠也饒富不起來的。

二〇〇五年十二月十五日　笠詩刊二五〇期

詩不是文學

把詩名詞化了的說法，那是由於認識所帶進的錯覺，依據這種錯覺從事創作，可以說是愚昧。

對於這個命題可能感到不服，當然是因為詩是被包含在文學領域裡的這件事，已經約定俗成，對於這類「苟成事實」的關心，有很多人早已運用了比關心更為有利的「自衛法則」，這種防衛的本能，不時在排斥我們重新審視每一件「苟成事實」的心情。

文學縱然包括了詩，詩也是「文學的一種」，但沒有一定意味「詩是文學」，或者「因為這樣所以詩是文學」，除非把詩當作一個原則上僅僅被我們的「認識」所擬定的一種文章的表現形式，但這是不習慣於思考能力的結果。

要談「詩不是文學」，需要立義上的勇氣，但一首詩在被考慮的時候，它的精神確實是一種「排他性的完成」。

雖然，詩的成立要經過具體的工具操作，譬如賴以記錄的文字上的協調，但是，這個詩的情緒卻可透過人體官能微妙的先設感覺而存在。

這是一個孤單、美麗，不須依附的存在。

當一個非詩人，或許是一個小孩，在他的視界範圍以內或感覺的稜線上出現「一件詩的事蹟或印象」的時候，例如天空很藍、花好漂亮等這些足以讓他感動與欣賞的詩性事象，雖然因為不明瞭「這是詩」的情緒，並且對記錄的效果缺乏認識，但事實在他人體的感官機能上已發生了詩的行為，我們或可稱此為「素人的詩情」，我們確實不能否認，詩就這樣發生了、存在了，它的起源並不依附於文學。

這是詩的純潔，它跟小說、戲劇、音樂、繪畫是不一樣的，小說、戲劇、音樂、繪畫等等都需要釀造的延展空間與時間，唯獨詩不需要，詩有時只是剎那的靈光。

更進一步來說，要把詩當作是「非詩」才是有益的立場。為了要承認詩確是我們心體機能一部分的自發行為，「詩」或「文學」只是「便於稱呼」的意義，不能因為它的名字已代替某一記號，而與這記號的同義詞發生性別上的混淆。

內心一直存著「詩是文學」的想法，會不自覺的被詩的文學形式所綁約，很容易落於「作文式」的A貨，明乎此，應該可以明瞭詩是不用太多的辭藻來包裝的，最純的詩是裸詩。

一九七〇年六月　作

二〇一〇年六月十五日　笠詩刊二七七期

陳語與陳義

教育部長杜正勝說，「成語是懶惰的人用的東西」，曾經引起爭議。其實，引用成語，於文章有其方便性，用得好能收畫龍點睛之效，不過在現代文學創作的領域裡，則少用成語是事實，尤其在詩領域裡，若非無可替代，或確有畫龍點睛之效，詩人多會盡量避免。因為寫詩要用鮮活的語言，不能用死的語言，也就是排除了一些世俗性、日常性、習慣性的陳腐語言，詩必須要有創新性，而「成語」也是一種「陳語」，凡是「陳語」，就是陳腐的語言、死的語言。

但詩人不能懶惰之處，除了語言之外，更重要的是思考，思考能決定詩的高度。甚多詩人或許很能操控語言，但多數敗在思考高度不夠。思考即意義，透過思考所決定的意義，其高低深淺決定詩的好壞。只靠寫作的靈感和能力，而不從意義上思考，其詩容易陷於平庸，其陳義也將陷於「陳義」，必須要有更高度的思考，把詩的意義拉拔到最高的位置，才能呈現詩的全動能，這個最高的位置至少要有獨特性、異質性和公共性。
「陳語」與「陳義」都是詩人的懶惰，用點心，詩會寫得更好。

二〇〇七年六月十五日　笠詩刊二五九期

寫詩要有用語言殺人的勇氣

語言會殺人嗎？社會上也許有人曾經被一句話給活活氣死，那確實是語言殺人的表象，不過，純粹詩的語言是不會殺死人的。

所以，詩是無害的，即使詩人想用語言殺人，也殺不死人，我立論的基礎就是如此。然而，詩人還是要有用語言殺人的勇氣，也可以說是詩人要有用語言殺人的準備或企圖，「語不驚人誓不休」，大概有相同的意思。

準確的說，詩人要有用「思想」殺人的勇氣，但詩的思想是透過語言去對外表達，所以語言是詩的頭號利器，如果詩人沒有要用語言殺人的勇氣，那麼他寫的詩便軟弱無力，無法讓人感受到威力。

為什麼要用「殺人」如此極致的字眼，因為只有這種程度的語言，它所透露的思想才叫人震撼，如果讀了詩卻感受不到震撼，讓人感覺「本來就是這樣」，或是「這個我也知道」，那麼通常是詩人比讀者的責任還大。

讀者讀了詩應該會有基本的感情反應，這種反應愈大，即與平常的情慾或認知落差擴大，詩的感動曲線會更拉大或異常，其中山谷型的跳躍會使詩想的想像魅力產生更大的效應，延長語言與思想對讀者的震撼力，這包括領悟、記憶與認同等等的強度。如果讀者讀後感覺到痛，感覺到慌，感覺到哀樂，感覺到驚訝，感覺到「對啊」或是「怎麼會是這樣」，以及「我怎麼沒有想到這點」等等，而忽然從椅子上跳起來，或是一時的魂不守舍，我認為，這就是詩的殺傷力。

我不是科學家，但現在的心理學家或精神疾病學家，已經可以檢測出人類在面對各種情境時的情緒反應，並計算出其感受的強弱或喜厭，我相信一樣也可以檢測出一首詩對一個人所造成的震撼度到底到哪裡，由此來界定詩的好壞。一個具有用語言來殺人的勇氣的詩人，一定是往好的高峰的方向走。

詩壇有多少沒有殺傷力的詩？很多。詩的起源也許只是「感懷」，但詩發展到今天，如果詩人還停留在簡單的感嘆抒懷情境，作品不能讓人讀之有電流通過的感覺，恐怕應該列入沒有才華的一群。

二〇〇七年九月二十五日　台灣現代詩刊十一期

詩刊的要務

台灣的詩刊很多，對於詩稿的選用，則大概分兩種，一種是只單純的提供詩人發表作品的園地，一種是只選擇好的作品來發表。如果是前者，基於鼓勵創作，對於寫得還不是很好的詩，也會發表；如果是後者，就要嚴選嚴審，只發表好詩。

我相信大部分的詩刊都希望只發表好詩，但是台灣的好詩其實不多，因此只要寫得有點「詩樣」的，或是常常有作品在發表的人，不管詩是否經得起拆解，大部分的詩刊都會採用，這或許是詩刊的不得不然，或有時是出自編者本身的謬誤。也有人會強辯說，好詩的定義見仁見智，但這樣講，而不求甚解，往往會產生「劣幣驅逐良幣」效應，把台灣變成一個好詩、壞詩共享一個天秤的境界，終至好壞不分、是非不明。

詩刊的存在，以提供詩發表的園地，當然已足，然而，有責任感、有使命感的詩刊，還是要有一些理想性，有自覺的在提高詩的品味，實踐詩的優位。我不相信詩的好壞是很難分辨的，因此，一本好的詩刊，有責任教育讀者認識和感受到好詩。

川端康成在《文藝時代》發下豪語說：「不看本刊的人，不被賦予談論文藝的權利。」我並不期待這樣的霸氣，但期待每一本詩刊都有這樣的結果。

二〇〇八年六月十五日　笠詩刊二五二期

語言的創新

詩，有一種危機是不能被忽略的，那是「語言的陳腐」。

特別是現在，在語言被賦予詩人們刻意追求與崇尚的命運，它產生了喧騰和不安的光景，所謂肌理，所謂濃縮，所謂張力等等，把語言的智力完全逼進到一條死胡同的規矩裡，發生姦戀。

事實上，現代詩人對語言認真的態度，與迫切的強調，毋寧是可喜（取）的，不幸在：由於過份的執著和敏感於這種喜悅的經驗，而忘棄了新鮮性的開放，這是它的致命傷。

「語言的陳腐」擺在這個受寵若驚而逐漸混亂的過程上，慢慢地喪失風味，在後日的詩人，他們可能只承認那僅僅成為是「過去的習慣」（非傳統的），而甚至不對我們努力與苦樂的心情感動。至少在目前的我（們）自己，慣常注視著的眼睛，對於它，有時會發覺不能接觸到起初的那種新奇感的「效果」；在現在，我們或者這麼說：它即將被我們所玩膩。

詩的本身，關於嘗被認為利用它的象徵性來創造新的經驗的語言，在我們同時更瞭解了：

「所謂語言的詩性使用，詩語的體系或宇宙等等之類者，都藏匿於遠比普通詩人所已確認到的場所更為深遠的地方。」

「詩人的語言的重量是不時被社會性的責任這具計量器所衡量著的。」

（以上二語引自錦連譯〈詩人的備忘錄〉）

之後，我們當自覺不得沒有不斷地促使語言「不同面之長大」（創新）的要求，以應付我們更深遠的追尋和被衡量。很顯然的，這種關係與認識勢必急於否認或排斥「語言的陳腐性」。

因之，由於「語言的陳腐」，不得不使我們面對的環境：那是一種新鮮性、新奇的、新銳的、新的態度和表現。

這一種轉變——如果我們只有稱為轉變的話——顯然也不是很容易一下子足以「達到」和「改觀」的，那必須和緩地突擊，至少我們要被置於這種自願的狀態中——每一位詩人，每一首詩，不同以往的，創新的過程和衝動——一種「現代」的精神，才成為解救。

寫詩，這應該是我們所自命樂觀的。

一九七一年四月十五日　笠詩刊四十二期

風格的潛在與重建

所有的文學傳統，包括批評文學在內，專家們對其「風格」（Style）一義的形成和意見，往往是取決在作品的外觀上，他們的論點和態度多半容納在形式與修辭的模型裡，而逐漸放棄了作品內貌的原組織和各別相（Particularity）的價認。當然他們有需要的理由，因為風格本身就具有「款式」（Style）的意義。不過，現代文學的發展已由以往唯美、形上的追求而極度提昇至其內部的精神活動與意義創造的深度中，這些作品既已經歷著完全內在的創作性過程，則一般耽美於形式技巧的所謂風格，顯然已無法在現代這種作品的定義上給予任何特殊的造就，乃勢必回轉到它內部位置的特性上。在這一方面，詩之風格的潛在與重建的要求，或將給予詩人一個重要的課題和新的啟發。

當我們談論甚至批評到一首新詩的時候，有些判別標準是大家共同採用的：譬如詩的質素（qualities）、意象（image）、架構（frame）、共感（communion）

和指涉（reference）等等……這些觀點中的智境無疑都來自詩之「內部行動」（internal action）迸發的力量，它們並且源源不絕地支持著詩之「不能具有散文之可毀滅性」（梵樂希語）的理由，可以說，現代詩的一切基形（pattern）幾乎是完全內貌性的，在這些力量以內部潛在的內容為前提的情況之下，詩的風格亦必要能追隨帶進這種情緒或秩序甚至成為條件的無可設防的潛內在活動裡，才能更為展示它一種較成熟與自覺的現代精神。

然而，詩的風格固然不是在其形式，更進一步的說，非但不在其形式，同時「每一首詩都要顯出其不同的形式，而具重新組織的意義。」（註）

一首詩的產生，出於詩人創作與主題的先造意念，這就是詩義且內內外外分佈於詩的形式上，詩的形式務須直接涵入詩的意志當中而轉變為詩的結構與內容，同一時間風格要與這些現象產生運動（movement），共同創造。

詩的形式因詩的主題（或動機）而異，詩的風格因詩義（單一與潛在的主題）而異。簡單的說，風格是無定形（amorphous）的發生或存在，視詩內心的需要而得以重新組織，不必是詩人習慣上執著其共同不變（一貫性）的作品形式。風格不是形式，而是心義的、自發性的。

更嚴格的說，詩的風格是「自身俱足」（self-contained）的，不必一定假借詩人刻意的手法，而由詩本身支配、反射，每一首詩有每一首詩潛在與重建意義的風格。

詩的形式應隨詩義與主題的不同而不同，而風格更要是存在（發現）於詩人寫詩的內心，不是在詩人寫詩的作品外觀上。

現代的詩人刻意在形式上講究自己一貫的風格以別於他人形式上的風格，顯然有所偏頗。雖然這不能說是絕對謬誤的趨勢，至少已經減損了「風格」的體力。

因之，現代詩人應該分裂風格外觀性的傳統觀念（甚至在現在，詩的形式也不能拘泥於外觀的表現），而開始強調風格的潛在性與重建意義。我們期待詩之未來比現今更為可觀的發展。

註：這句話是詩人桓夫在給我的信上對我談起的，不僅是形式上，也適用於風格之重建意義的說明。

一九七一年五月一日　中國新詩刊十二期

批評的功用

「嚴肅的批評文學的出現，是一個國家的文學成熟與自覺的徵象。」二十世紀真正的批評文學，在它有其獨斷的一面，而終成為一切文學最後的標尺。

大凡一切的學術研究，都是比較的，比較研究，而有批評。更深一層來說，「比較」是對外的，「批評」是對內的，特別是文學的批評，它對文學作品的功用，甚至是其內部精神活動的再創造（re-creative），是自覺，而且覺人的。也唯其自覺覺人，才是批評的大道。

批評也可說是現代文學的舉重。

現代文學在基義上的所有指涉（reference）多半是潛在的，這一隱藏的力量若非由讀者感知的直覺（intuition）所挑出，便要借重批評家的眼睛，而「傳達」（Communicate）在此也就成為一種批評，溝通批評家與文學作品的奧秘。

大多數的批評家，以艾略特氏傳統的批評理論和方法為趨歸，著重分析與啟發，由於較具學術性與專門，我稱之為「實驗批評」（practice criticism）。它在目前具有雙重功用：一為介紹，二為批評。而詩為文學之最高形式，並且是較為難懂的，必須依附於批評的或然率更大，因之詩的批評態度和功用是需要尤其強調的。

詩評人除去介紹與批評的工作之外，仍然要能間接促使詩人們進入自覺覺人的智境，創作自覺覺人的好詩，才是一個自覺覺人的批評家，一個優良的詩評人。

我們等待優良的詩作品和詩評人的出現，正如等待我們的文學達於成熟自覺與輝煌的成就是一樣的熱切。而批評文學的功用，此時應該是獨占鰲頭。

一九六七年一月　桂冠詩刊五期

納蘵思筆記

我常常想，詩也許離不開「悲情」。

我並且告訴自己，把自己搬進詩的內裡是可能的。

然後我想到，寫詩是在受擊後，撫著傷口痛心地去咀嚼這種不幸，以及它的反應。

所有的痛苦在痛過了之後，會比平常更能感覺愉快；不安也是，不安在不安過了之後，會比平常更覺安寧。這個時侯，感覺一切都是莊嚴的。

而詩，就在這其間待孵著罷？

沉思是必要的。

語言供人玩弄，詩人卻被語言玩弄，並且爭吵。

詩的國度不應有所謂貴族。除非你無能走進詩的宮殿，否則你會看到，最亮的燈擺在最暗的角落，愈不明顯的地方愈需要光亮的供藉。

因為大家的眼睛都是一樣的。

問題在：你看到的是什麼？

如果你急於比旁人多說一句批評的話；那麼，沒有什麼好談的了。

生活對於詩的要求或詩對於生活的要求實際並不如我們所強調的那麼熱切，是嗎？詩是生活的。但總有一天生活會排斥了詩——因為詩的饒舌。

詩想的建構在於悟力激發的一剎那間是最完善的。

通常我們說「感動得流下淚來」，但詩只是要我們知道淚對於我們作了怎樣的象徵，才去經驗罷了。

詩本身應該就是感動。

Image的賦予從詩的最深處挑出一株最美麗的花朵來，我們借著它的香味，薰透了所有的森林。

詩是突然。突然。

我認為詩人有必要懂得「受苦」，他們甚至必須是由於時時刻刻不忘抽取「受苦」的經驗才有反省的再出發，這反省的力量毋寧是存於受苦的智慧中，我們的出發才是美的、意志的。

不願意詩人僅依憑文字的素材或感覺的語言去表示現代詩的自覺，因為那種詩的起源到底是稀薄的，沒有崇高或驚喜的內蘊，無法使它的對象在它的錯覺中感受到美麗而自適的牽引。「受苦」的詩的神蘊，經常是將一般痛苦的經驗，在它的對象當中，豎立美和快慰底歸宿，並且永恆賦予對象這個接受者的心靈以擺脫式的激動。這不能不說是崇高的詩所要求的吧？

英吉利的美學家Edmund Burke的看法：一種特殊的痛苦底賦與，對於人的生存具有威脅的恐怖感底賦與，即是崇高，又稱壯美。雖然崇高本身是不屬於快感的，但當面對「崇高」的意識，亦即當揭發或牴觸了這種空虛、恐怖、暗黑、沉默與孤獨之後，我們由心臟緊張、筋肉以及神經的高揚結合，便成了某種解放的快感，這是受苦的↓美的↓自適的↓快慰的↓激動的剎那鏟起的快樂。

為了懼怕不安和焦慮的折磨，我們寧願安心地受苦，在劇烈的痛楚中舒放地呼吸著，而與美和崇高照面，以這個方式來指責創痛，或可發現我們的快樂——詩人

是殉道精神的實驗者吧！（評凱若作品〈無題〉）

An intended Second-party——當作所有的人吧！

純真對於我們是不能也不許失去的，原始的意義表現在我們純真的最初。不過由於更廣大經驗的不斷鍛鍊，不得不被逼隱藏，埋伏在最薄弱的心窩。

「難聽的破鞋聲
沉悶悶地擠出了一點血漬
是我僅存的手飾」

我想到自己寫的這一句詩，心裡充滿血的痛楚與孤貧。然而我寫出了它，那就是血的快意了。

詩的語言不久將成為是它的性格。

曾經有人說過，而我也說過的一句話：詩是被體認的，而不是被指明的。

不管我們用什麼方法去表現詩，或去評斷它，最值得的是在想盡辦法破壞它之前，先去建立它或發現它顛撲不破的工事。

詩的存在以及價值的堅定，正基於其容易被摧毀否決。

艾略特強調詩人應促使其個人私心的痛楚化為豐富的、新奇的、具有共通性和泯滅個性的東西。

「抹煞個性」的理論在於詩人應求不斷獻身於一件比自己更有價值的東西，不惜犧牲自我，泯滅自己的個性。

因之由情緒出發的情況是不可靠的，除非經過反省，並與感覺運動成為一個新的情緒組織。

流動的心象必須使其不致離開一個基形（Pattern）。

焦點只有一個。混亂的意念或意象只有尋找秩序，否則不能使用。

無論如何，詩和散文是絕對不同的。

我寧可贊同「兩片瓊瓦」之說，卻不願採信任何人有關詩與散文血統關係的陳述。

一九七二年五月　龍族詩刊六期

第二輯

詩與詩人

我和凱若的日子

為什麼重提凱若？因為他像斷線的風箏一樣，突然從這個世界消失了。正確的說，他是從這個詩壇消失了，無影無蹤，徹底與詩壇斷了線。凱若，一九七一年出版了他的第一本詩集《晒衣場》，一九七三年就消失了。他是我的朋友。

一九七一年我在馬祖高登島服役，接獲詩人林煥彰的信，通知我有一個詩人叫凱若，也要到高登服役，將與我聯繫。煥彰兄在我初期寫詩的時候，是我的前輩，對我頗多照顧，我非常欣賞他的詩，那時我住基隆，他住南港，我常搭公路局的車子去他家找他談詩，也經常留在他家吃飯。當兵後我與他書信往來也密，除了女朋友之外，我寫信寫得最勤的就是寫給他，一度他有意邀我加入「龍族」詩社，但凱若則希望我加入「主流」詩社，兩相牽延，最後因凱若無志於「主流」，我也不好再提回「龍族」的事，結果就都沒有結果。

凱若何許人也？我本不太熟悉，但在《笠詩刊》上面有看過他作品，印象不惡，我還曾跟與我同住在基隆的「笠」同仁拾虹談過，這個好似洋名字的作者會不會是個女生？有點好奇。

不久我就接到凱若給我的來信，信上說某一天他會到高登報到，還附上他的詩集《晒衣場》。

高登是個前線孤島，只有軍人，沒有百姓，每天從北竿開來的交通船有固定班次，那天下午我站在服役的高登醫院外頭馬路上，看著一輛軍車呼嘯而過，上面坐了幾個人，我並不認識凱若，但知道其中有他。

也許是當天或是第二天吧，我就帶著一把鐵枴杖去找他。鐵枴杖其實是一根打狗棒，是用鐵條做成的棒子，專門用來打狗的。在高登，一兩個人單獨行動是必須帶打狗棒的，因為高登到處都是狗，而且都是體型高大的狼狗之類，具有防衛效果。我們單位總共七八個人，就養了三條狗，而這些狗的地域性都非常強，對於要經過牠們地盤的人或狗，都會窮兇惡極的展開攻擊，如果不帶打狗棒，根本是寸步難行。據說中國那邊的宣傳彈打過來高登，裡面的文宣就說：「我們不怕你們的部隊，只是怕你們的狗！」

從我的據點到凱若服役的據點，沿途大概經過十幾個據點，我必須分別擊退十幾個狗群，才能找到他。那一天是我花了最大的勇氣，硬著頭皮去的！之後，我們的接觸也不多，因為實在距離有點遙遠，又有惡狗擋道！

我和凱若分屬不同單位，卻同屬一個營，當年的十二月，我們都換防回台灣本島，我到了埔里，他到了水里。凱若在換防之前，送了我一件禮物，我也是蠻意外的，那是一幀他親手用鋼筆寫在白紙上的詩，叫〈野菊〉，全長一百多行，還潑了墨，摘了幾朵野菊花放在上面作效果，外加畫框裱好。

我不知他突然會有此一舉，因為事前也沒聽他說過，不過他如此花費功夫，確讓我很感動。這首〈野菊〉後來我拿去我主編的《詩人坊》發表，並入選前衛出版社《一九八二年台灣詩選》，稿費至今仍存放在我這裡。

回台灣後，我在埔里也面見了幾位「主流」的同仁如黃勁連等，其中有一位黃郁詮，筆名叫皇篁，他的父親是埔里郵局的局長，聽說後來這位詩人因病英年早逝，大概才二十多歲，我心中頗有感觸。我與「主流」詩社同仁的交往雖不密切，但仍有幾位彼此稍有通信，包括王健壯（筆名雲沙）、阮義忠（筆名Ｑ Ｑ、阮璽），還有一名越南僑生叫文采，這些都是凱若的關係。

翌年，因為要師對抗的關係，我們的部隊移防到清泉崗營區，接受基地訓練，凱若的單位也一起過來，至此我們有了更緊密的接觸，也有更多的機會聊到詩。

事實上凱若與「主流」同仁之間是有若干理念或路線上的爭論，他一直想要找我一起把「主流」的編務攬下，實現我們對詩的理想。

後來凱若大概接編了第三和第四期（那時還是輪編制度吧），也就結束了。據了解，凱若覺得同仁對他仍有意見，因此心灰意冷，不想再爭，於是他就宣告我們雙雙退出「主流」，我與「主流」的關係也至此告終。

當時我退出之後，曾有同仁寫信諷刺我說：「何以還沒有加入，就說要退出呢？」顯然我的加入並不受若干人歡迎，我也感覺凱若的處理辦法好像有要來搶地盤的樣子，可能引起同仁不快。其實我的加入，在第三期的「主流消息」中就已公開揭露，但有人因為還沒有看到我繳同仁費（凱若認為情勢不明朗，尚不必繳交），就以此來否定我的加入。

這個事件之後，我和凱若對於辦詩刊的慾望並沒有稍減，並多次談到日本「詩與詩論」這本刊物，我們是希望能在台灣辦一個類似的刊物，此事我也與遠在南部的陳鴻森兄多次談及，鴻森兄的態度也相當積極，可惜這樣的一個年輕氣盛時的夢想，終究只是空口白話，迄今猶未實現，但對我們而言絕對是個遺憾。

在清泉崗的時期，凱若與我的部隊相隔咫尺，操餘課後常有往來，假日也常穿便服到台中市區去玩，那段時間得凱若之便，與中部年輕一代的藝文人士有見面之緣，與李敏勇兄的見面似乎也在那時（或是之前已有見過？不可考），敏勇兄那時的筆名還叫「傅敏」，他與鴻森兄的才情都是我非常欣賞的。此外如寫小說的詹錫奎（後來寫政論相當有名的老包）、寫詩的德亮，以及「笠」的女同仁林湘等，都在那邊見到了面。德亮在此之前就與我有魚雁之通，他的一手藝術字蒼勁有型，我還會模仿他的字體，過去我也模仿過煥彰兄的字體，他還笑說，每次接到我的信，都會誤以為是他寫的信被退回來了！而趙天儀兄和敏勇兄娟秀清麗的字體，也是我模仿和學習的對象，我的筆跡大概就是這些人的綜合體吧！而且還有階段性。

凱若這個人，個子不高，頭大大，卻是個十足的白臉書生，可以說是唇紅齒白，笑起來瞇瞇的眼，可看到魚尾紋，卻頗有些魅力，我知道他有女朋友，只是從未見過，他曾說他交過一個北一女的「馬子」，形容她是一個「愛的需要量很大的女孩」，包括性的方面，這句話我記憶深刻。他有一首詩〈平行線〉：

「告訴我，昨夜算是make或是play呢？」

「不都是一樣嗎？」

「不一樣。」

「一樣。」

「反正已經被你……。」

「所以說都一樣嘛！」

「你說這話算不算話呢？」

「不都是一樣嗎？」

「不一樣。」
「一樣。」
「算了，反正……把你的墨鏡取下來好嗎？」
「我的眼睛會受不了。」
「是因為陽光呢？還是我？」
「不都是一樣嗎？」
「為什麼一樣呢？」
「因為一樣。」
「你還是人嗎？」
「我能做的我已經做了。」
「可是……。」
「你看過軌道嗎？」

（笠四十五期）

詩裡，一個玩過女人後的男人，顯得屌兒郎當、滿不在乎的樣子，面對女人質疑、追究真愛的態度，始終都說「有什麼不一樣」，敷衍了事，女人再怎麼嬌嗔也沒用，典型風流公子、花花大少的模樣。這首詩全篇充滿了畫面，相當有劇情，最後用「妳看過軌道嗎？」結語，凸顯在這個男人的心中，兩人只是兩條伴隨關係的平行線，永遠不會交集在一起，用現在的流行用語，就像是「一夜情」而已。以我對凱若的了解，詩裡的那些對話，根本就是凱若活靈活現對女人說過的話吧！

若說凱若對女人的態度是玩世不恭，也不盡然，從詩裡面來看凱若的情愛觀，也有相當深沉而令人感動的一面。試舉如下〈愛的故事〉一詩為例：

一個少年
在戰場上被寫成一首詩
來不及由自己朗誦
來不及回去向故鄉的情人告別
他就面向青空
讓鮮血覆蓋著他的胸口
躺在彈坑旁
堅持著
再也不肯離開戰場

然後
少年的詩在故鄉出版了
他的情人讀著
讀著　讀著
禁不住
眼淚就掉了下來

那少年
不曾給伊寫過溫柔的信
只把名字寄回來
深沉地埋在伊的胸坎
猶如那年
少年安詳地躺在
劫後的戰場上
靜靜靠在愛人懷裡的
一個少年

一首動人的情詩

（主流三期）

這首詩，儼然一齣史詩般的戰爭電影的畫面，上演著戰死沙場的少年和故鄉情人之愛與死的連結，「不曾給伊寫過溫柔的信」的戰地少年，最後終於為國捐軀，用生命為伊寫下了「一首動人的情詩」，這種「戰地情人夢」的劇情，一向是可歌可泣，足以賺人熱淚的題材。凱若這首詩寫於一九七一年，正好是他從政戰學校專修班畢業，被分發到前線戰地服役的那個時期，是否是他身在戰地的心情寫照，不得而知，但這種淒美的戰地情詩，也多次在與我差不多同時期寫詩的拾虹、李敏勇、陳鴻森等人的詩裡出現過，例如拾虹兄的〈寄給戰場〉、敏勇兄的〈遺物〉、鴻森兄的〈妝鏡〉等詩，都是膾炙人口的作品，以後若有機會，我想可就此再做深談。

與我同樣在一九五〇年出生的凱若，在遇到他之前，我對他是很陌生的，他好像突然就從詩壇蹦出來，從《笠》三十六期到四十八期（一九七〇至一九七二兩年期間）寫過幾首詩，此外在《主流》也發表了幾首，之後就沒有作品，一生也約只寫了四十首詩左右吧，但他唯一的詩集《晒衣場》（收錄三十二首詩），出版得比我的第一本詩集還早了五年，而那時他才二十歲，究竟他是何時開始寫詩，我並不清楚，但他的論詩和寫詩，一直都很成熟，可以說是才華洋溢的年輕人，可惜詩壇裡知道他這個人的恐怕不多，他的出現和消失總是那麼的突然。

一九七三年二月，我即將退伍，政戰學校專修班畢業的凱若，覺得他一個人在部隊裡好無聊，也決定要轉考陸軍輕航空隊。他說，開飛機的階級、薪水都高，有前途，本來要轉考空軍飛官的他，因為身高不夠，無法如願，所以把算盤改放在陸軍輕航空隊，結果如願以償，我退伍之後接到他的來信，說他要到輕航隊報到，之後，他這個人就不見了。許久許久之後，不知道誰傳來他的消息指出，他已經和一個輕航隊指揮官的女兒結婚了。果然，一心要往上爬的凱若，確實照計畫在走他的路。

這傢伙，真的不搞假的！

幾次午夜夢迴，我都有想到，應該到戶政單位去找一個名叫陳進興的人，但我始終沒有這樣做，這個人要脫離詩壇，必然有他的道理，我也想過要脫離詩壇，但我就做不到，留在詩壇還有我快樂的地方，而凱若留在一個他不願我們干擾的地方，那必然是一個他認為快樂的地方。

二〇〇八年六月十五日　笠詩刊二六五期

對同情挑戰
——關心與注意（與凱若對談）

時間：一九七二年六月三〇日
地點：台中清泉崗營區
對談人：凱若、郭成義（記錄整理）

凱若：由於生活環境的關係，以及詩壇令人氣餒的現況，使我今年來寫作的情緒極為低劣。但是，這種停頓，使我有足夠的時間來窺視自己，以及一向被自己狂熱追求的「詩」。我想，在我的生活中，「詩」對我有一種魅力，縱然我沒有著手在寫，但是我不時會在內裡感到有一種牽引，那是為了要給出在我視界以內所見的關心，以及自己迫切需要的某種安慰的力量，為了這種理由，儘管「詩」似乎並不直接干擾我的生活，但是我仍然預感到我將會執持這種美麗的發言方式。因此，對於我們之間的談話，一方面，我們可能會記錄出我們對詩的看法和執持的真正方式，另一方面，對目前詩壇做一種概略的論定和修正建言也是必須的，事實上，我寧可以為我們是在嘗試走上詩的平衡檯，用搖曳而謹慎的姿勢，來探索這段奇妙的路。

成義：第一次寫詩的時候，總以為自己已經握持一項對世界發言的權力，這種感覺確實雄踞我內心有一段時期，如今回顧當年那種固執於詩的意志，還會覺得內心相當昂奮。對於詩的接觸，愈由於發覺生活顏采的貧乏，愈覺得接納「詩的善心」在自我內裡的估價是偉大的工作。然而在逐漸懂得詩的發言水準以後，對目前詩壇的虛假充斥，同樣有著痛心的氣餒，那種寫詩的權力慾彷彿已遭到侮蔑，常常懷疑詩的能力是否如我日常所想的那麼高達。假使每一個人都可以寫詩，而且只要具有詩的形式便能成為「詩」的，文學不是僅成為宴桌上的一粒飯屑嗎？我最痛恨那些懶散的吃飯態度而總以為自己老練的賓客。

凱若：做為一個人，我們無法拒絕苦難和空絕加在我們命運上的矛盾；因此，我們時常會有一種求得「安全」和「被社會承認」的慾望。這種慾望的滿足，引發我們各種生存下去的行為，由於選擇行為的方式不同，所使用的工具也會不同。「做愛」這件事，也許在這奇異的「世界架構」中，負有某種使命，但是一方面，有人將「做愛」來宣洩他的「鬱結」，或滿足他的「快感」做為一種遊戲，對於吃飽飯閒得發慌才來寫詩，以及想利用「寫詩」來取得某種「權威感」的傢伙，因為「同情他不幸做為一個人」的理由，我認為並不需要去恥恨他，而是我們應該將這件事實做明白的自我交代和分辨。

我想，對自己或是對人類其他個體的存在，寫詩是因為我們關懷和同情，我以前初寫詩時只是因為這種迫切的「不平則鳴」的情感力量來激迫我寫作，當然，發言之後，我會因為自己有這種「關心」而自覺驕傲，但那是其次的，當我們要談「詩」是如何吸引住我們，並且要瞭解，或者說給我們所寫的「詩」下意義前，我們應該回到我們「為什麼要發言」的地方去，並且在那種情形下，將我們認為的「詩」拿上手術檯。

成義：關於詩的「同情說」，我一向覺得不以為然，如此在感覺上不斷地會挑出詩的懦弱性。詩不能不具有「挑戰」和irony的開發，如果因憐憫什麼才成為「發言」的動機，這種心房是比較薄弱的。當然我寧願相信你所說的關懷或同情，多半具有因「絕望」的考察吧！

當我決定我的某一種「突然領悟」的事蹟成為一首詩的時候，我已經讓這種即將出生的語言或能力「不得不」地走進我的體內，與一個原始的自我產生生命律力的共同運動。每一次完成，都感覺所有活著的血液機能重新在增加一次「我」的意義。

因此，這種發言的理由，我一直認為是「完全人的」與「人性」的暴露。由於我們平常的生活已流於因為歷史而成為一種說不出的朦朧的陳腐，而在我們冥冥之中具有另一種特殊的「重新組織的感覺力」所催發的認識，對於各種自我發現的生命的新感覺與新事蹟，必須要求得一個漂亮的姿勢由自己的身體上投擲出去，多少對於這個世界期望有一種改變的暗喻與私慰。這應當是比較針對於詩的生活性的行為解說。

凱若：對於「同情」和「懦弱」我不以為是完全直接相關連的，我已經說過，「不平則鳴」、「挑戰」也罷，irony的態度也罷，我認為這都是「同情」的一種行為，如果我們沒有同情，我們就不會有憐憫或者是憤怒、滿意或者是失望的態度，「同情」並不是「憐憫」，我們談話之間，已經暴露了語言的弱點，這種啟示，提醒我們語言的不可完全信賴。

寫詩是一件艱苦的工作，詩人用危險的「語言」這種工具，在闡釋他「突然領悟」的某一事件，或某一種組織的關係，在詩人心中也許期待著某種龐巨的迴響，就好像國會議員在做一篇演說，他期許著說服整個錯誤的國家，然而，因為「語言」的危險性，他可能得不到這種效果，詩人如何來說服他所同情的對象，和有關於這個對象的其他人，乃是重要的課題，這好比工匠必須先懂得如何使用某一件工具一般。語言的能力，是詩人發言的憑持，這種能力決定了他的發言的感動力，決定他的發言是否成功。

成義：對於「同情」採取這樣的觀念是比較滲透的。我們此次對「同情」所操取的意義似乎已不自覺地走了兩條路。我以為這也是語言的脆弱以及對語言的曖昧性缺少正確的裁判。我指的同情是出之於詩的，你指的的同情是出之於「詩的先設」，也就是心的。這語言的危險性也是因為它必須透過每個人不同的思考活動才可以被確認的緣故。老實說，提到「同情」老使我覺得自己是處在一個自瀆的錯境裡。

其實我們仍然有一個共同的結論，乃是要求無時無刻地給出「注意」。以感覺的觸角去探索新的領悟，這種角度的取樣，可以驗證「語言」在我們所操作的詩的配備地位與價值。「注意」的解釋可以包括了「同情」的觀點吧！

凱若：可以說，「我」和「世界」的關係，正同時存在著「思」和「語言」的對照關係，這種對照關係，我們可以再仔細地分類出行為的、口語的、文字的不同，因而決定了政治家、演說家……等不同專長的角色，他必須更小心翼翼地不使他的發言淪落到膚淺和不切意的語言的陷阱裡去，但是又因為「突然領悟」出來的idea很可能是一件未曾經驗過的語言，才會加深了詩人發言的困難。

但是不論如何，這都是外射的問題，在討論語言之前，我們應該再把我們寫詩的動機弄清楚。

除了最先我說過的另有企圖的人以外，「寫詩」是一種社會性的行為，這是無可置疑的，我們在思想，並且組織這些思想時，個性的使用會逐漸減省，因為我們的「同情」是主觀的，那是把「我」投入「世界」時，我們所認知的一切必然以「我」為起點，「我以為天空不該老是這樣朦朧」、「我以為人不該在命運的地圖上接受擺佈」。一樣的道理，但是我在說這句話時，這句話的結構、這句話所嵌上去的每一個單字，都是有組織的、一種客觀的秩序。這又必須回到客觀的、沒有個性的工具使用規則上去，可以說「詩」是「我」發現了「新的同情」而要「告訴」我希望「感動」他的對象，而用「語言」來「制裁」那件「令我同情的」事物吧！

成義：談到語言，確實是怵目驚心的課題。

我想語言的危險性同時是由於日常口頭上語言的態度操作已經跌入不明的慣性與惰性所產生的疏懶之故吧，對於語言的探討缺乏深入的注意力。日常的語言顯然喪失了它的警惕性，在這時我們使用的時候，語言的意義已是文化上的意義，屬於溝通與交換彼此「聯繫需要」的工具而已。但是在詩的層次裡面，卻擔任著所有「做為一個人」的顯示機能，因之它的意義也有別於僅以依靠文字就可以記錄的思想活動的普通通訊物。

詩的語言顯然是思考的，思考的環境重新聯絡了我們一切思想的分支，也就是一種全體的智力與聯想的新生活動，而賦予我們對於一首具有感動魅力的詩的情感面積與「突然領悟」的結果。

經過思考的整理、語言的生命才是具體、有效用的。這樣說來，語言的非文字性證實了詩是比記錄的成品較早在我們心中醞釀一切效果的，於是，詩不應該是「故意的記載」，而是一種心裡「突然的建設」。

所以，在活著很膩的這種日子裡，因突然被某對象所導發而給出「同情」或「關心」的一刻，即使不涉及詩的時候，自己也能覺得「感覺生活趣味暫時充實著」的快感。這種說法其實也強調著「同情」之時時被意念著，但這不妨說是向「同情」同情的概念吧，也就是因為有了「同情」的意念，而同時「向著只對自己發生關係的同情挑戰」才覺得關心起來，作品完成之前或許停顧在「同情」的激動裡，完成之後則可視為一種對「同情戰」的自我暗示，我想這也是討論「注意」的另一步驟。

至於剛剛我們所談的語言問題，在默契上早已摒棄了文字想取代語言位置的野心，我想在後面會被我們談到的更多。事實上目前詩壇的爭端，語言與文字組織的混淆，必須負起重要的責任。

後記：這是一篇本來就沒有擬定題目也就沒有目標、沒有完成也就沒有結果的對話錄，是三十六年前我和凱若在清泉崗營房裡，兩人喝著一瓶人家剛送來的私釀水果酒，我們就衝著微薄的酒意開始對談，由於臨時起意，動機只是「想到什麼說什麼」，也沒有錄音機，由各人把想要表達的意見先後寫下來，算是筆談。事後檢閱，其實無甚高論，也沒有發表價值，故羈留至今。由於事隔許久，記憶不復，加以當時的筆跡多潦草，重新謄寫時有若干地方語意不明，但因想念凱若這個人，還是勉為整理成稿，聊以紀念我和凱若的這一段情誼，以及對詩的熱情，畢竟當年我們都才二十一歲，雖有煮酒論天下的豪情，到底還是毛頭小伙子而已，見笑之處，還請不要笑！

二〇〇八年三月二十五日

二〇〇八年六月十五日　笠詩刊二六五期

楓堤新論

一

顯然很少有人告訴過他，在現代工業藍圖，重重疊疊而多變樣的線條裡，詩是一種很難寫的字。

詩之需要孤獨，實在有其不得已的苦衷。

然而，楓堤（李魁賢）——很難想像，我們竟稱他為詩人的——一個化學工程師。他把自己拆開了，一半給生活，一半給詩，然後神秘地縫合。他說：

「生活，對於我，是難以預見和判斷的命運的挑戰；無論如何，是血淋淋的現實。它可能是一個幽深的陷阱，一段擺盪的走索，但也可能是一口甘冽的泉井，一粒飽滿的果實。它擊發我的情感，使我不得不依靠詩，把它剖白出來，且因而得以自我觀照。實際上，詩，就是這麼一回事，不需要什麼宣言，也不必喊出口號。生活，就是我的詩；詩，就是我的生活。」

楓堤，李魁賢，他就這樣把自己拍賣了，徹徹底底拍賣給他的詩，他的生活。而這麼大的投注，在他來說，居然是輕鬆得有點喜悅，這就是命定的詩人吧？或許正如他在著名的〈值夜工人手記〉裡最後標白著：「於勞累中獲取堅實的喜悅」一樣，像是變相地承繼了斯多噶主義（stoicism）一種堅忍自苦的餘味，而不難在他作品裡發現詩人對自己生活上所必須瀕臨的環境或經驗，常常提出了某些艱苦的照面，這應是一種詩人已達於成熟自覺的徵象。

事實上，對於任何一位言志載道的詩人來說，詩與生活，必然要在一個等因奉此的情況下共同創造的。在目前，可能已造成了另一種常被人言及的觀念工具（apparatus of ideologies）或習慣，而且是潛內在的；雖然很少有詩人願意把這精神整個地傾瀉在其作品的外衣上，但仍無法掩飾住此一被刻意隱藏起來的力量，楓堤即是一例。

從《靈骨塔及其他》到《批把樹》再到《南港詩抄》，這期間的楓堤，寫滿了他的愛情、思想、職業……，似乎一點也不費力的樣子，然而他所羅列出來的世界，雖多數是靜觀的，卻像一個多色邊的錐柱體：如蒼白與美麗、穩重與悲哀，甚至對死亡與回憶等一切關乎生活邊緣的認定，楓堤的詩的望遠鏡和調色盤雖非舶來之品，不過至少可以預估將超越他在工業（文明舶來品）上的遠景和光采。我們知道，詩比什麼都永恆。

然而，這是否就是一個詩人所謂最完美的面目呢？

不然。楓堤仍不能逃出僅以自我為收發的範疇，此一狹小的天地，讓他無法擺脫某些抒情性常逾偏高的瑕疵。而大凡一切現代文學藝術所循以激進的，是捨棄、創新、超越，以至於所有有關前衛性之追求的基點等等，現代詩無可例外，雖然仍有抒情的一面，不過是一種映像或背影的裝飾品。

當他在詩裡習慣性地歌詠著：

「惠，妳是我的泉，我的愛麗絲」

或者：

「相思著妳——惠，我的惠……五月，就是這樣令人感動的季節」

的時候，我們可以說，作為一個工程師，要努力地寫詩，以抒情為出發的楓堤是可愛的，但要作為一個詩人，如此的淺唱低吟絕對是不足的。抒情只是詩的開始，思想才是詩的根本。

因而，在他一連串接觸和翻譯德國新詩的時候，同時竟發現了他深深埋藏於里爾克之中的影子，而當他宣知了這項事實，我知道他已挖掘到了自己，但我並不認同，因為對於這一類的認定或作急早的歸論，無可諱言地，很輕易帶來各種結束。

但是，要成功地作成為一個詩人，由楓堤轉變為李魁賢確然是必要的。

楓堤顯然已是感覺到一個不可該避免的過程正在等待他。

II

那麼，轉變之後的楓堤所呈示的是怎麼樣的一張臉呢？他把自己完全解放了，從一種靜默的觀態逐漸提昇為諸多形象演化出來新鮮的放射狀態，而投之於活躍的情感，鋒銳的語言，以及極度扣人心弦的喻象。

現在那是一張頗為沉悶與激動的臉！成長後的楓堤，有著〈月〉的苦惱和風霜：

你是映照湖光山色的臉
一張雪後風情的臉
被海草絆住的浮萍
陷入羅藻松粗暴的手網
喊聲瘖啞

突然　貧血地
落在懸吊枯枝梢的
死狗的頭顱上

唔，這一張臉
刻蝕著朦朧的風霜

顯然是一次再度出發後的目標，他脫離了早期的詩的位置，以更為客觀的姿勢，很快的抓住了焦點。緊緊收斂卻呼之欲出的新的圖象，預見了作者對語言的駕馭是經過一番心理觀察和變位的感情所刻蝕著的。這首詩一如他在〈正午街上的玫瑰〉裡所攫獲的那種瞬間的澄清與感動的心象：

炎熱在街上流動

因為色盲
所以不知道
他也是色盲的司機
但他用太陽做燃料

多麼單調的正午
他發現竟有一株綠色植物

在炎熱的街上流動
而忽然倒在他的車輪下
但瞬間變成了一朵玫塊
很多人圍過來看
啊！一朵盛開的紅玫瑰
開在正午的街上。

當批評家們不斷強調富有肌理（Texture）的語言，楓堤的「玫瑰」和「正午的炎熱」正提供了一個足以證喻的對象，語言與意象的鮮活，使他後來發展出來的詩，不再只是自我的抒情與玩味。可以看見，他在企圖反他（過去）自己的傳統，超越自己的生活和觀念，而嘗試接觸大家的生活和提供給大家的觀念，渾然展現了一個整體性的訴知效果和風貌。

其實楓提對自己的改變沒有太大的把握，我能感覺出來，他很謹慎，只是他下了苦心，他儘量敦促自己發掘他所要嘲笑的、揭發的與乎指責的現實社會裡種種生命既定性的無奈和瘡疤，也可以說，這是楓堤自始以終最為關心的課題之一，在〈清晨一男子〉裡，他就留下了這一道淺淺而顯著的痕跡，小心地：

被夜晚的世界所追逐
逃到清晨的街上

倉皇走過無人的街上
大小猙獰的困獸
也被驅逐到荒蕪地帶來
弓背蟄伏著
形如緊閉危機的樓房
虎視著落荒逃過清晨的一男子

在不被信賴的世界裡
不被信賴的生命的一男子
倉皇走過無人的街上

Ⅲ

以上三首詩分別具有楓堤近期作品的代表性。

顯然他早期的作品比不上現在廣泛而尖銳的發展。這是轉型，是詩人的進步。

顏元叔教授接受訪問時曾這樣表示：「我覺得有三種東西對文學藝術形成極大的障礙，一是知識，一是約定成俗的社會生活，再就是所謂認識自我唯一的泉源的意識狀態。克服這三種障礙，首先必須對自我真誠，這也許近乎柏格森的直覺的真誠（Sincerity of intuition）和紀德所謂的個人道德的真誠（Sincerity of individual morality），後者也正是我所強調的反叛精神。」我從楓堤的作品可以看得出來，他是具有這些準備的。

至於若用這段話來詮釋他現在所持有的詩的概念和寫作態度，我想也是可能的。

同時我們應該注意到，楓堤此時的表現有一種不易被知的特點：即是主題的先造意念。他經常是先把握了一個頂點意義，然後再由下往上逐漸推展成為詩的作品，所以他的詩義往往是詩的語言、形式、內涵或技巧所不及的，套用一句存在主義的術語，就是「存在先於本質」的認識，此一優點足以免遭詩之分解性的歧義，和不能獨斷挑起詩之內韌性的給予，因為詩是貴在於能被體認，而不須被指明。

總之，楓堤近期的轉變是大家有目共睹的事實，有人還能指出他很受白萩的影響，其實，詩人之間彼此的影響非常正常，他當然也有可能是受了白萩的成就所刺激，但任何人都可能如此，最後的造化則端視個人的天賦、才情與努力所決定，楓堤現在，已經擁有了自己的一片天。

一九七〇年十二月十五日　笠詩刊四〇期

我的朋友住南港

在我寫〈我和凱若的日子〉那一篇文章裡，我不能避免地提到了林煥彰先生，我和煥彰兄的關係除了繫於他對我這個詩壇新進的愛護，他住在南港也是一個重要的因素，因為從我住的基隆到南港，只要一班車四十分鐘就可以到達，可以說，當時他是距離我最近的一個名詩人。

基隆當時還有一位詩人叫拾虹，是台船（現中船基隆廠）工程師，那時他已是「笠」同仁，但老實講，我沒有聽過這個名字，腦袋裡對他完全沒概念，若不是後來陳秀喜女士對我提起，我也不知道有這號人物住在基隆，所以，當時在我的腦袋瓜裡，這個世界要找到一個能當面與我談詩的人，就只有煥彰兄了。

我大概在十八歲左右，累積了一些不成熟的作品而踏入詩壇，林煥彰是我第一個接觸最深、最親近的詩人，不但常常去他家找他談詩、在他家吃飯，通信更是頻繁，那時他已經是成名的詩人，又主編《笠詩刊》，我對他幾乎是有孺慕之情。在我心中他寫的詩既好，人又親切，對於我這個初出茅廬的毛頭小伙子，一點也沒有架子，也不至看不起我，即使對詩有不同的看法，也會用同輩的角度和我討論。

一九六九年，有一次他和傅敏（李敏勇）在「笠」詩刊上對於「現代與前衛」與「寫自己的」等問題有爭論，我也寫信給他表達看法，我說他的觀點似乎「頭重腳輕」，他則說我是「倒因為果」。我並無意用「頭重腳輕」的話頂撞他，只是在形容問題的重點，但他也不假詞色地說我「倒因為果」，我覺得這是他重視我的看法、尊重我的觀點，才會用重話回擊，否則，誰會理會一個十八、九歲的小伙子？

第一次見到煥彰兄，是一九六七或六八年中國新詩學會的成立大會，在台北市西門町的「文藝沙龍」coffee shop舉行，那也是我第一次與眾多詩人見面的機會，這些詩人通常只能在報紙、雜誌或詩刊上看到他們的名字，他們之於我，就如偶像明星之於粉絲，他們每一個人都讓我眼睛發亮！

知道新詩學會要成立，是在報紙上看到學會的招收會員廣告，那時有一個詩人叫羅行，是執業律師，也創辦了《南北笛》詩刊。羅行先生是新詩學會成立的推手，我寫信去求入會，隨即收到羅行的回信，叫我把作品附上，以便甄審會員資格，這是我第一次和詩人的連結，此後和羅行先生有幾次的通信，也讓我有機會在剛創刊不久的《南北笛》發表作品。

「文藝沙龍」記得是詩人綠蒂所開設，這個地方後來我也有好幾次帶女朋友來用餐或喝咖啡。當天，我所見到的詩人除了煥彰、綠蒂，還有喬林、趙天儀等人，綠蒂當時有主編一個刊物叫《中國新詩》，我才在當期發表過一首詩〈落日〉，綠蒂很欣賞，特地把我排在第一頁，他見到我之後，也不吝向大家推薦那首詩，還稱讚我是明日之星、後起之秀，這幾句話對我的鼓勵，可說受用不盡。儘管說的人也許馬上就忘了，但聽的人，特別是像我這的年輕人，卻不會忘記！

究竟那天之後，我是怎麼和煥彰兄再次聯絡上的，已不可考，因為逐漸老衰的我記憶也越來越差了，我只知道，後來和煥彰、喬林、趙天儀等人常有見面機會，也許是因為「笠」的關係，而且見面的時候常有吳瀛濤、陳秀喜這兩位長輩在一起，出錢吃飯的大概也都是這兩位！他們兩位的風趣、幽默和樂於彼此抬槓、互為消遣，應該也算詩壇佳話，只要有他們在，笑聲總是不斷。

煥彰兄的家在南港，我從基隆搭公路局的車子走縱貫線去，大概要三、四十分鐘，我是怎麼樣開始去他家的，已經不清楚了，總之，我去他家有好多次了，記憶最深刻的是常常留在他家吃飯，這在現在的我想來，應該是不可思議的，我是很不喜歡在別人家裡吃飯的人，因為總是會拘束、不自在，我的個性會不舒服，尤其才十多歲的小孩，怎麼有能力在別人而且有大人在的家裡充容應對？後來我想，一個可能是煥彰兄和他家人的親切、善意款待，讓我能放心在他家用餐，另一個可能是人家不好意思趕我走，但既然吃飯時間到了，而我也捨不得離開，也只好讓我一起吃，如果真是這樣，我真是萬分的抱歉，因為我的孺慕之情，害人家必須容忍我的叨擾。

煥彰兄主編《笠》的時候，大約是一九六八年左右吧，曾引薦我加入笠為同仁，我也同意，並且填了表送去台中社務部門，後來因為要繳交同仁年費，我家裡對於要拿錢去給一個不知什麼名堂的「詩社」，覺得可能有詐，以為是詐騙集團，堅持不讓我參加。其實當時我家附近發生了一件事，一個鄰居去當兵，有人假裝是部隊來的人，騙了一筆錢回去，這在當時民智還不開的小地方，簡直是一件大事，人人都覺得陌生人很危險，我的家裡就這樣不讓我參加，當然他們也不知道什麼是詩刊，我最後只好向煥彰兄表示退出之意。

基於這樣的相交，我曾在《幼獅文藝》的一個類似「作家臉譜」這樣的專欄，寫過一篇〈茶杯與獵人〉，寫的就是煥彰兄，一開始就說「黑黑的眉。黑黑的眼眶。黑黑的唇。黑黑的好個四四方方的臉譜。講起話來可卻是頗為溫柔的啊。而那麼豆大的黑痣就如此盤在右邊的頰上，種植三根鬚髮且那麼常常地伸了出去。」煥彰兄在台北遇到我時，對我說，看那篇文章的一起頭就知道說的是他！我們都笑了笑。

煥彰兄後來離開「笠」，又組了「龍族詩社」，我也有幸常在《龍族》寫稿，後來慢慢聽說，似乎他和「笠」的若干同仁在關係上出現裂痕，這事我完全在狀況之外，到底起因於何時、何事，我到現在還沒有完全弄懂。有人說是因為煥彰兄組「龍族」，「笠」有人有微詞，也或許有「笠」同仁批評他的詩，讓他不快。但我當時非常喜歡煥彰兄的詩，他的詩語言流利，詩意的轉化充滿智力，常有驚喜，我也多少受過他的影響。不過，「笠」同仁對於詩的批評，常常是就詩論詩，不留情面，倒不一定有什麼特定的用意。

煥彰兄住南港，我記得是因為在南港台肥公司上班的緣故，那時在南港台肥上班的詩人還頗多，李魁賢先生和林錫嘉先生都是。不過，我和魁賢兄之常見面，是在他離開台肥之後，和錫嘉兄的見面則是他調到基隆的台肥廠之後。和錫嘉兄的初見面也是意外，我住基隆時有一位摯友與錫嘉兄有稍識（大概是同為青溪幹部的關係），他知道我寫詩，也知道錫嘉兄是詩人和散文作家，所以有一天找我到錫嘉兄的家裡去拜訪，錫嘉兄則拿出了馬祖的大麴酒來招待，大家小喝了一點，此後與錫嘉兄還有在台北見過一兩次面，但機會並不多。

至於我和魁賢兄，交往算是較長也較密切。魁賢兄的年紀大我十多歲，照理說應該算是長輩了吧，但我總是把他當兄長級的看待，事實上我認識他時，他還很年輕，就是現在看來，外表也不老，他也不會覺得我的年紀輕就倚老賣老，反而會很風趣的跟我像同輩一般的交談，不會讓你感覺到輩分上的差距，所以我總是很喜歡跑到他的辦公室去找他。不管他是在林森北路，或是民權東路，我都常常去他的公司叨擾，他也都是熱誠招待，會停下一切手中工作來和我聊天。有關我工作上的問題，我也常常打電話去向他請益，而不只是談詩或詩人的問題。

老實說，我是一個不善言詞的人，而且有時還會有點魯莽，所以不太敢跟長輩或是不很熟的人聊天，尤其是對著電話機講話，常常會吃螺絲。但是對比較熟的人，或是比較親切的人，我就不會有語言障礙，那是因為「一見如故」而放心的緣故吧，即使講話有些失禮，對方也願意包容、不會介意，在沒有壓力的這種情況下，我則可以變得非常健談，而魁賢兄正是我隨時可拿起電話打給他而毫無壓力的第一人，除了我的親人之外。

我的第一本詩集《薔薇的血跡》要出版之時，除了請桓夫（陳千武）先生寫序之外，還請了魁賢兄也為我寫了一篇序，當時在考慮要請誰寫序的時候，我大概做過非正式統計，「笠詩社」的年輕同仁出詩集，邀請來為詩集寫序最多的，不外就是請這兩位，所以我也「輸人不輸陣」，也請他們來幫我的忙。我當時覺得，這樣應該能呈現一種「集團性」，同時也借重他們寫評的能力，和寫序的經驗，為我的詩集增加一些重量。

魁賢兄的字，堪稱詩壇一絕，他的字跡不算潦草，但確實不好辨認，大凡報社、雜誌、詩刊或出版社，對他的稿子應該是又愛又恨，愛的是他的稿子，恨的是他的字跡，因為太難辨認了。他的字體，簡而言之是「上下夾扁、左右凸出」，且字的斷和連既短又輕，銜接時可能有視覺上的障礙，總體來看好有一比：魁賢兄的字體是一六：九的液晶電視螢幕，而一般正常的字體應該是四：三的傳統電視螢幕（有趣的是，十六：九的螢幕在行家而言是被稱為黃金比例）。

而，就因為經過這種筆劃的曲折之後，打字小姐或校對小姐一拿到他的稿子，常常一個頭兩個大，我因為編詩刊和在報社工作的關係，最常有機會看到他的原稿，久而久之已熟稔他的字體，所以她們就常拿魁賢兄的稿子來向我「請教」，我儼然成了「李魁賢代理人」，算是工作上的一項專長。不過近年他已改用電腦打字，我的專長顯然已隨歲月塵封。

李魁賢是「笠」的創辦人之一，他除了寫詩、寫評，也是翻譯好手，譯作甚多，而其著書之多，更是「笠」的佼佼者，他出過的書恐怕超過百本，創作量之驚人，當今詩壇很少有人可望其項背。他是多產詩人，作品多到不可勝數，若要全面評論他的作品，沒有大工夫根本無從下手。

我到現在還覺得遺憾的是，我在一九八三年八月發表於《文學界》第七集的〈李魁賢的詩人與詩評家的位置〉一文，本來準備了魁賢兄當時已出版的幾本詩集，經過熟讀和分析，挑出一些作品來作為我論述的印證，也做了潦草的筆記，但後來因為考慮到把這些詩一一列舉出來，恐怕會佔去不少篇幅，所以臨時縮手，沒有順手把他的詩拿出來討論，至今猶覺美中不足，如今要把他的作品作完整的系統論述，我已經做不到了，他的作品已多到我無法消化，缺乏學院論述教養的我，當然有這種自知之明。

我在想，詩產量勉強可與李魁賢先生匹敵的，「笠」詩社裡大約只有桓夫和趙天儀兩先生吧，至於出書量，大約也只有桓夫和李敏勇兩先生可在後緊追！這種創作的生命力，對身為微產詩人的我而言，猶如蜉蝣之望大樹，自嘆弗如。

二〇〇八年八月十五日　笠詩刊二六六期

中國地圖六十年
——談錦連的詩

二〇〇九年十一月底我的第三本詩集《國土》，由秀威資訊科技公司出版之後，我隨即從台北寄了一本給住在高雄的錦連先生，他也隨即回贈了一本他比我早三個月出版的詩集《群燕》。

《群燕》封面的照片，根據錦連先生自己的按語，是他在一九五〇年六月一日攝於台北市黃靈芝先生廈門街的住宅，那一年，正是我出生的當年，而且我又是六月二十七日才出生，錦連先生拍這張照片的時候，我還沒來得及到這個世界上。

但是我跟錦連先生的緣分，要說到一九八四年，我跟隨《笠》的諸多詩人前輩取道首爾（當時的漢城）前往東京參加第一屆亞洲詩人大會，同行的就有錦連先生與他的夫人，雖然我與同行的前輩羅浪先生同宿了十多天，彼此有了不分年紀的交談和玩笑，與錦連先生和他的夫人，我也一樣是無所不談，錦連先生和羅浪先生以及錦連的夫人都是很健談，而且幽默、風趣，喜歡開玩笑，跟他們交往，我不覺得有輩份上的距離，也可以說，他們對我這個毛頭小伙子，是比較容忍吧？

看完《群燕》，全書只有兩個部分，一個是一九四九年的作品（群燕），一個是一九五〇年作品（過渡期），我特別有興趣的是，一九五〇年的作品，裡面有一首〈大地圖〉，就放在詩集的最後一首，我讀之再三，很有感觸。

擱下書本
抬頭看看壁上的大地圖
「現代中國大地圖」
如一個胃般的大地圖
被塗上種種顏色
挺起肚子伸向大海
剛剛讀過的書頁裡
有「戰爭」的字眼
有「殘暴」的字眼

猶如螞蟻般的人民
在這裡面出生
在這裡面受害
真是令人不敢相信
像是做夢一樣的事情
這是新的歷史在悲鳴
拿起書本
有「團結」的字眼
有「死鬪」的字眼

恐怖和憧憬
奮勇和戰慄的血液
刷地迅速貫通了我的五官

一張六十年前的地圖，放到現在，依然還在適用吧？「現代中國大地圖」，經過了日本和中國政府，好像還是一體適用，而到了一九五〇年，對錦連先生來講，從日本帝國轉化為中華民國的國民黨政府，猶如「新的歷史在悲鳴」，那些「螞蟻般的人民」，在這地圖裡面歷經了「戰爭」、「殘暴」而出生、受害，不管在日治時代或國民黨政府時代，都被教導要「團結」、「死鬪」的順民，一直存在著矛盾的心理，覺得恐怖，也覺得有所期待，所以「恐怖和憧憬，奮勇和戰慄的血液，刷地迅速貫通了我的五官」，這最後一句的描寫，寫出了看到這張地圖的最大的反應，道盡了殖民地國家人民的悲哀！

無獨有偶，我在《文學台灣》第七十三期（二〇一〇年一月出版），也發表了一首〈地圖〉，是我一系列「生活週記」、「國民週記」裡面的一首，完成於二〇〇九年的九月左右。詩裡是這樣寫的：

那年
老師打開地圖說
這個秋海棠
就是我們的國家

我的國家
是一張地圖
從來沒去過

後來老師又說
秋海棠變成老母雞
因為地圖缺了一角
外蒙已經獨立了

我們還沒有獨立
所以我們的國家
還是那張地圖

老師不知道
現在是衛星導航的時代
地圖已經落伍了

現在的老師要怎麼教學生看這個地圖？六十年前的地圖，和六十年後的地圖，經過了戒嚴、滅中、解嚴、拒統、親中的政府，地圖還是一樣的地圖，一樣是兩千三百萬人口管三十五個省、十三億人口的土地，一個名不符實的國家、名不符實的地圖、名不符實的政府，使得台灣這個國家叫中華民國不行叫台灣也不成，也使得住在台灣的人民叫中國人也不是叫台灣人也不成，我確然感到一股「新的歷史在悲鳴」！

一九五〇年出生的我，當時老師教我們「中國地圖像秋海棠」，外蒙獨立後，又教我們「中國地圖像老母雞」，我不知道錦連先生所認識的中國地圖像什麼，他在詩裡寫成了「如一個胃般的大地圖」，很新鮮，我第一次聽到，究竟是錦連先生自己的新解，還是有老師教他的？不得而知。不過，這個「胃」般大的地圖，錦連先生會不會是故意讓人看了有「嘔吐」的感覺？

採取與〈大地圖〉完全不同的詩情，錦連先生在一九五〇年的作品裡有一首〈短信〉，非常活潑可愛，足以道盡年輕人青春的朝氣，也是我愛不釋手的作品：

閒散的禮拜天
無所事事在窗邊托著腮幫子
年輕女子一個接著一個走過面前

眼光所及
自進入眼簾的瞬間起
我就把燃燒著熱情的視線盯住不放

於是　她們感覺到我視線的瞬間
全都心神不定地
或摸摸頭髮或搖擺走路

在人生這舞台用心表演的
她們每一個人
是多麼優秀的性格演員呀！

我把一切拋到腦後
忍不住露出滿意的微笑
獨自高興暗自竊喜……

可是還不停地有女子走過
我忙著目迎目送　快昏過去了
因為這緣故　那真是個愉快的禮拜天

這是一首相當有畫面的詩，從詩中的描述，很清楚的看到一個年輕男子，假日放假在家，閒來無事，托著腮幫子靠窗欣賞從窗前走過的少女，而少女們一看到有男生注意，立刻矜持了起來，連走路都心神不定，怕給人一個不好的印象；而看到這些少女們配合著力求完美的演出，作者感到非常快慰的心情表露無遺，「可是還不停地有女子走過，我忙著目迎目送，快昏過去了」，這個「快昏過去了」一句話，真是神來一筆，和男歡女愛在最高潮的時候，往往會叫出一聲「我要死了」一樣的道理，因為有那麼多的年輕女子讓他欣賞，那種快樂到沖腦的程度，真是無以言喻，所以他最後說：「因為這緣故，那真是個愉快的禮拜天」！可以說是幾乎讓他爽上一整天的寫法，這是多麼真摯、毫不矯飾的感情！

一九二八年出生的錦連先生，一九五〇年大約是二十二歲的年輕人，我二十二歲的時候，大約也會做這種喜歡欣賞女子的動作，或者應該說，所有的年輕小伙子都喜歡這樣做吧？也不要說年輕小伙子，就是四、五十歲以上的中年人也會這樣，「窈窕淑女，君子好逑」，自古以來不都是這樣說的嗎？自古就是多情種子多詩人，原來詩人錦連也那麼年輕過！

二〇一〇年七月十五日文學台灣七十五期

詩人、酒客
——悼拾虹

第一次聽到「拾虹」這個名字，應該在一九七〇年左右，從已故的「笠」前社長陳秀喜女士那邊聽來的，她跟我說，在我居住的基隆，也住著這一位笠詩社同仁，我可以和他聯繫。當時，我曾對「拾虹」這個美麗的名字感到異常魅惑，但是，拿到拾虹的住址，可能是從林煥彰兄那邊得到的，而且我也不確記，當時拿到的是拾虹的住址還是電話，以及我究竟是寫信跟他聯繫，還是打電話和他做了首次的晤談，也不復記憶。

總之，我就是在一九七〇年左右和拾虹碰上面的，在他工作的台船的單身宿舍。

在陳秀喜女士告訴我之前，我並未讀過拾虹的詩，也不知道在笠詩刊裡有這一號人物在寫詩，可以說，作為一個詩人的拾虹，從外界來看，應該是屬於低調的人。

我與他見面之當下，其實並沒有很熱絡的感情，因為雙方對彼此都有一些陌生，不過，在取得聯繫之前，他已經知道我的名字，知道我在寫詩了，只是不知道我住在基隆。

基於同住基隆的關係，年齡又相差不遠，經過簡短的聊天，我們很快就進入熟悉的階段，好像是認識很久的老朋友，顯然，這也是因為我們有共同且熟悉的話題。

基本上，我的印象，拾虹是一個不太愛說話的人，也不是能言善道的人，講話的用語都很短，不是長篇大論的那種人，因此給人的感覺有點冷，但內心對於詩卻非常熱情，在談到他在台中寫作的那一段文藝青年時期，談到和鄭炯明、陳明台諸兄交往的情形，可以感覺到他那昂奮而有點遺憾年少歲月不再的情緒，我也許可以用「外冷內熱」來形容他。

在我跟他首次見面的單身宿舍裡，房間大概不到兩坪大，一張木床、一張桌子、一張椅子，如此而已，兩個人在這個空間裡幾乎沒有迴旋的餘地，我就坐在床沿，他就坐在椅子上，兩個人靠著桌子聊詩，連個茶水都沒有，他雖然喜歡喝酒，那個時候卻沒看他的房間裡有放酒，甚至也沒有酒氣。

以後的幾次見面，也都是這樣，但我很喜歡去那裡，因為那裡是我唯一在基隆可以找到人來跟我談詩的地方。想要過過詩癮，除了寫詩、看詩，也要聊詩。

在那一段時間，其實並不長，不知道有沒有一年？後來我當兵去了。在他宿舍裡所聊的，不外是「笠」的作品和同仁，而當時我們有一個共同的偶像，就是三島由紀夫，那時三島剛切腹自殺不久吧，他的寫真集《薔薇刑》是我們愛不釋手的讀物，三島對於肉體的耽美，和對政治立場的執著，都令我們著迷，我們有很多個夜裡都是在聊三島，並且擴及川端康成。

大約三島死後的第二個月，我去當兵，在四七期（一九七二年二月十五日）《笠》詩刊上看到拾虹發表了一首詩，題目是〈追求〉，很明顯是寫三島由紀夫，事實上他也寫信告訴我寫了這一首詩，當時還曾打算加一個副題「寄三島由紀夫」。

不要選擇切腹
因為那樣美麗的坐姿
不是我們自己的方式

一隻箭滿弦地飛射出去
再也看不見它怎樣地
在青空中迴旋
然而　我們終於開始等待
遙遠的地方傳來
擊中目標的回響

遙遠的星光
急急地殞落下去
我們彷彿聽到飛去的箭
橫過夜空
那是氣球般繃緊的胸膛
透氣的聲音

當時我也寫了一首詩回應，發表在四八期《笠》詩刊，題目叫〈薔薇薔薇〉，副題是「寄拾虹」，這首詩收在我的詩集《薔薇的血跡》裡，題目改成〈薔薇不死〉，且撤除了副題。我和拾虹的這兩首詩，主要情感都來自於三島。（我一直不喜歡寫詩有副題，覺得是累贅，也容易掉入傳統應酬詩的窠臼，但在寫作的當時，確難免受到心中有所寄託的強烈的情緒影響，加上副題或有圖一時之快的效果。）

拾虹的第一本詩集《拾虹》，是他結婚之後出版的，那時我在當兵，他結婚應該是一九七二年的年初頭吧，我還特地從軍中請假回基隆參加他的婚禮，他的結婚讓我很驚訝，因為不安和不定，幾乎是他這個人的特質，突然選擇結婚，與我對他的認識是有衝突的。

說來也奇怪，我幾乎是沿著他的路子在行走的，他在馬祖當過兵，我當兵的前半年也在馬祖，他一九七二年先結婚再出版詩集，我是一九七四年結婚，翌年出版詩集，我的詩集《薔薇的血跡》也交由黃荷生先生的出版社印刷，完全仿照拾虹的詩集《拾虹》編排。

或許，在我寫詩的人生，潛在著拾虹的影子，他對我是有影響的。我後來專注在《笠》詩刊寫詩，也是受他影響。我非常喜歡他的詩，就像喜歡三島由紀夫和川端康成一樣的情緒，他雖然並未在其他詩刊或報章寫詩，是一位不在乎名位、只在乎寫好詩的詩人，這種情操很讓我尊敬，我也自覺得「寫詩何必出名，寫好詩最高尚」。此後我也只在《笠》詩刊發表作品，期待能寫好詩。

詩人的定位在於詩，不在於寫詩人的名字；拾虹毫不出名，卻是個十足的詩人、頂尖的詩人，只要一出手，就是好詩。

我當兵回來之後，和拾虹的交往更進一步，不再只是在他的單身宿舍，因為我退伍後第二年也結婚了，我們都有了家庭，要見面還是約到外面比較不受拘束，那時的拾虹就多了一些酒氣，常常看到他光滑的額頭和臉上透些微紅。在基隆市區的幾家可以喝酒的地方他似乎都很熟，也頗能和老闆娘開玩笑地打情罵俏。

我記憶頗深的是，一九七七年左右，我一年內先後喪失了兩名親人，一個是我的哥哥，一個是我的父親，那一段全家哀傷的日子，我過得極為沮喪，拾虹有好幾次來我家，把我從家人的手中帶走，到外面去喝酒，甚至是在辦法事的晚上，當全家人都忙的時候。

我們也沒什麼話說，他也不是個懂得安慰人家的人，悶悶的喝著酒，只看他偶而和身過的老闆娘插上幾句話，也不看我，偶而會突然冒出一句「ㄟ」，然後就沒了，或者突然冒出一句「寫詩啦，寫詩啦」，接著啜了一口酒，如此而已。

愛喝酒的拾虹，也有喝醉酒的時候，有一天晚上，他突然打電話到我家，劈頭就對著我大罵，問我「你了不起喔」、「你有什麼了不起」、「你大牌喔」等等類似無厘頭的言語，足足罵了十多分鐘，問他罵我的理由是什麼，他也說不上來，也不知道究竟有什麼事件讓他這麼生氣，聽他講話的語調，我知道他醉了，有理也說不清，只好掛斷電話，但他很不服氣，立刻又打來，同樣的責罵再複誦了一遍，最後我也是掛斷了事。

第二天，他打電話來道歉，自己笑得好厲害，自覺不可思議又有點好笑，他說是昨天陪他喝酒的朋友告訴他昨天他罵了我什麼，所以趕緊打來道歉。

然而，自那以後，我們也漸漸比較沒見面了，是不是他覺得不好意思，或是我到了台北工作，工作的時間都到晚上，幾乎沒有時間和他碰面，後來我也搬到了台北居住，一年見面或許只有一兩次，都是他打電話到公司來給我，說他在台北的某處，叫我出去；有時候則是說說話、問問近況，並沒有約見面。

他退休後，在台北謀職，公司離我不遠，但他常常出差，尤其到中國一去就是好幾個月，見面機會也不多。

但無論親疏遠近，拾虹在我的心目中總是印象一致，在俗的生活上他是「酒色財氣」，在詩的生活上，他是「酒色出於才器而收於才氣」。也由於這種詩人的特質，以及對詩和對自己的自信，拾虹某些程度是在詩裡面反映出了他的自戀，我不知道是否因為拾虹具有「三島情結」的關係。

詩集《拾虹》開宗明義的第一首詩，就是〈寫給自己〉：

無色透明的我的名字
是多麼可吟誦且適於描繪的
只要認識了我
就會不知不覺地讀我的詩
我日夜辛勤地抱著吉他
那是鍾子期無盡綿長的哀嘆

然而我注定是屬於酒的
你們要是用我的名字祈禱
我會聽見甚至發光
散出陣陣的酒氣

這就是詩的味道了
或者你們在我的名字上寫
恭賀新禧
或者你們在我的名字上寫
砲聲
這樣成為祭後紛飛的紙箔
我不得不燒去我的詩來祭拜
此去成灰的拾虹

這就是挺自戀也挺有自信的拾虹，他所描繪的自己，認識他的人一定會認為「這就是拾虹的味道吧」！這首詩，可以是拾虹的簡介，可以是拾虹的賀卡，可以是拾虹的訃聞，可以是拾虹的墓誌銘，都非常恰當！

而在拾虹著名的作品〈拾虹〉一詩中，胎兒在情人的母體中強烈的叫喚著「拾虹！拾虹」這樣的意象，是他用異端的描寫來強化自己的存在與延續，把愛人、孩子和自己「三位一體」，拋洩了以自己為主體的情慾人生。

當我暫別了詩壇有一段時間之際，拾虹也出現了筆荒期，不過偶而還能在《文學台灣》讀到他零星發表的詩，像閃光一樣的出現。後來他長期留在中國經營船舶塗裝生意，我和他的聯繫日益疏遠，就連打電話也很少了！那時期，我記得我和他有小吵過一次，那是我退休的那年，他對我的退休相當不以為然，認為我還年輕，應該還有打拼的空間，不能偷懶；我則對他一心一意要做生意賺大錢的想法，非常不能認同，都已經六十幾歲了，才要開始做生意，似乎太晚了！

當然，我知道他的船舶塗裝專業，在台灣可以算是首屈一指，他的日語程度又相當好，這樣的專業人才確實不應閒置，但是，自私一點的想法，總覺得已逾花甲之年，應該留在家裡含飴弄孫、享天倫樂才是，無論如何，頤養天年總比四海奔波要好吧！

所以，當他在工作中不幸發生意外的噩耗傳來之時，我雖然不敢相信拾虹永遠向我告別了（直到現在我還願意當作這是一樁拾虹式的惡作劇），然而，我也埋怨，當初沒有聽我的勸告，使得他變成了一個沒有晚年的人，直到生命的最後一天還在工作！

我雖不是拾虹，我卻為拾虹感到心有不甘！

但是，拾虹，今天我也只能在你的名字上寫著「詩人、酒客」，用此祭拜此去成仙的拾虹，希望你已在天上和李白把酒言詩！

二〇〇九年四月十五日　笠詩刊二七〇期

欸，拾虹，你欲去叨位？

拾虹已經離開人世，身為好朋友，我只能想念，卻無法再見到他。不過，這也不見得，我最近就常常遇到他，不是在夢裡，是在他的詩裡。

我常常看到他走在台北東區熱鬧的街頭，眼睛露著獵人似銳利的眼神，認真地搜索著美麗、年輕、打扮入時的女子，跟著她們走上天橋，走下地下道。

我好像感覺到隨時可以拍到他的肩膀，說：「欸，拾虹，你欲去叨位？」

他適合在都會區游移，我知道他的精神在這裡。

走出台北車站
曬著夏日的陽光
突然衝動起來

跟隨著紫色的
陌生的少女
走入地下道
走出地下道
走上天橋
走下天橋

希爾頓大廈的陰影
斜斜地橫過來
一顆年輕少年的心
仍然拒絕死去

〈都市的感覺〉

這首詩發表於《笠詩刊》八十期（一九七七年八月），當時他應該已三十二歲。

這首詩看得出來是一氣呵成，我猜拾虹應該沒有修改過，因為這是很簡單的一個心裡的慾望、衝動——一個年輕少男的衝動，雖然這個衝動是長在一個三十二歲的男人的身上，但因為他是詩人，所以他可以拒絕自己是三十二歲，我也相信詩人拾虹在跟隨著陌生的紫衣少女走上走下那麼忙碌的當兒，他只有實際年齡一半的歲數——十六歲，純潔的十六歲。

所以，他的一顆少年的心「拒絕死去」，儘管像熱鬧的都會「希爾頓大廈的陰影」，那麼龐大而載重的生命與現實的壓力，「斜斜地橫過來」，他的年輕的、純潔的心仍是不可妥協、不可退讓的。

看到這首詩，就像看到他本人站在台北熱鬧的東區一樣。我知道他在，在我的思念裡，他的精神確實在。

站在都會區裡的拾虹，比站在船上的拾虹，更接近拾虹。

很多人用〈船〉等這類相關的詩來給予拾虹的詩與人的精神位置，但我覺得那太過「沉重化」、太過「鈍化」，拾虹本人的精神是輕盈的、溫柔的，他不那麼沉重，即使在與國家、政治相關的議題上，他不會表現得很沉重、激進，他寧願用溫婉、暗喻的方式表現，像〈蝴蝶〉這首詩：

從遠方回來
從彼岸
飛越過太平洋海峽
飛越過「悲情城市」

隨著「黃昏的故鄉」回來

一隻蝴蝶
停佇在廣場上
在鎮暴車經過時
驚慌地飛了起來
飛越過鎮暴部隊的盾牌
飛越過示威群眾的隊伍

一個人正點火燃燒自己
冒起的黑煙
飛上天空

天空突然出現好多隻蝴蝶
像好多問號??????
啊　是誰把那麼多結打在空中

讓愈飛愈高的天空
充滿著鄉愁的悲情

明明寫的是總統府廣場前的民眾示威抗爭活動，有鎮暴車、鎮暴部隊的現場應該是慘烈的，充滿火藥味和血腥味，但拾虹卻巧妙的借用一隻蝴蝶，把整個抗爭的亢奮場域移高到美的位置，並從這個高的、美的位置觀照廣場上群眾的悲哀與自焚的壯麗，「？？？？？？」的符號甚至是呈現了圖像詩的高潮，把蝴蝶往上翩翩飛舞的美麗姿態具象化，再把自焚現場的濃煙與蝴蝶的飛舞相連結，這個美麗卻獨到的意象，使這首詩的詩質達到飽滿的狀態，卻技巧地迴避了對抗爭場域血淋淋的描述。

這首詩，似乎受到了日本詩人安西冬衛（一九九八—一九六五）的詩〈春〉：「一隻蝴蝶向著韃靼海峽飛過去了」所影響。〈春〉全詩只有一行，描寫一隻蝴蝶向著荒涼的海域飛去的瘦弱的身影，明明是春天，卻有終必死去的哀愁，特別是把韃靼海峽當成是一個戰場來喻示的話，這種極微而美的小生物與巨大的戰爭場域確實可以震盪出極大的「想像的振幅」；安西冬衛還刻意把詩裡的「蝴蝶」用古代平假名「こふこふ」，以顯示蝴蝶翩翩飛舞的視覺效果，拾虹的「？？？？？？」當然也有異曲同工之妙。

雖然，拾虹選擇了如此溫婉地處理激烈的政治事件，但是在愛欲、生死與肉體的議題上，他卻始終不予克制，甚至有意地放縱自去做露骨的表達，這成為他詩的特點。

在他的觀念裡，只有無私、無瑕、無藏的愛才能見出真摯、純潔，矯飾、詭飾反而猥褻。

所以，拾虹寫「性」，一向是赤裸裸的。

月亮的光輝
從窗上照射進來
落在裸露的軀體上
冰冷的肌膚漸漸地發熱

妳的溫柔翻身上來
閉住眼睛
寂寞在上面
不斷地掉著眼淚

遙遠港邊突然傳來
船笛的鳴聲
彷彿被溫柔擊中一般地
啊　請不要
請不要墮落下去

〈月夜〉

很明顯的，這是一首描寫男女性愛的詩，也就是男女在偷歡的當兒，突然港邊傳來汽笛聲，是船要開了，男主角是個船員，因為這個汽笛聲代表了分手的時候到了，性愛必須終止，感到悲傷的男主角好像被什麼重物擊中似的，突然間從高潮摔落，這是最令男人不舒服的時候，因此埋怨汽笛作怪，又有無法與女主角繼續纏綿的失落的哀傷。

末句「請不要墮落下去」的「墮」字，究竟是否為「墜」的錯字，實難斷定，照字面應該是「墜落」才是正確的用字，但也有泛指「墮落」的可能，也就是男主角自己覺得就「任其墮落」好了，也不想再提起興趣了，有自甘墮落之意。

不過這首詩有其原本可考，上面引述的是拾虹詩集《船》的版本（二〇〇〇年基隆文化中心出版），但本詩其實是早於《笠詩刊》八十期（一九七七年八月），與〈都市的感覺〉一起發表，原詩一樣叫〈月夜〉，原貌如下：

月亮的光輝
從窗口射入
落在裸露的軀體上
冰冷的肌膚漸漸地發熱

妳突然翻身上來
閉住眼睛
在上面
掉著眼淚

港邊傳來
船笛的鳴聲
彷彿被擊中一般地
軟弱下來

這首詩是拾虹在整理詩稿準備出書之際修改過的，本來是很直接、簡潔的，經過修改之後，把男人高潮之前被汽笛擊中，導致「軟弱下來」的描述，以「墮落」（或墜落）遮蓋過去，語氣似乎隔了一層，「拾虹的味道」也就因而減弱了一成以上。拾虹有修改舊作的習慣，因為他想表現得更好，但這算是一首他改過之後少數並未改得更好的作品之一，一比較之下，反而變成有點做作。

這首詩，應該是和〈鐵路邊〉（發表於笠八十二期，一九七七年十二月）這首詩屬於同一時期的產物，性質也類似，因為這兩首詩在發想初創的時候，拾虹曾一起拿出來跟我討論，算是同一首詩分裂出來的兩個細胞。

我們已經習慣地
在火車經過的時候醒來
做愛

鐵路電氣化了
速度增加了
噪音也提高了

呼嘯而去的聲音
仍然像以前一樣
兩個恰恰好
兩個恰恰好

這樣簡潔有力、擲地有聲，又不矯飾，也顯然都是一氣呵成、不用修改的詩，正是拾虹最拿手的表現方法。他是先有了發想，再去鋪陳詩的用語。

當時我們都住在基隆，交往頻繁。基隆的地理環境有兩大特色，一是港口，二是鐵道。港是北部第一大港，有商港也有漁港，船員甚多；鐵道是北部鐵路的起頭，住在基隆的人，通常都會聽到兩種聲音，一是汽船鳴笛的聲音，一種是蒸汽火車鳴笛的聲音，以及火車在軌道行走的聲音。「兩個恰恰好，兩個恰恰好」就是模擬火車在軌道行走的衝撞聲，可說維肖維妙！意思是住在鐵路邊的人家比較容易生孩子，但政府提醒大家要注意避孕，「兩個恰恰好」就是配合當時節制人口政策所提出的宣傳口號，希望夫妻只要生兩個就好，拾虹則拿來寫詩，寫「性」之餘還可以幽默人口政策、諷刺人口政策兩句！

前面說過，拾虹喜歡修改作品，而且大部分都修改得十分成功，例如發表在《笠》二二五期（二〇〇〇年十月）的〈中年人的體溫〉：

停留在十字路口
紅綠燈前
東張西望
不知道要不要越過馬路

剛灑過水的街道
瀰漫著霧般的水氣
淹上發熱的臉龐

地下鐵出口
那間花店
我喜歡的紫羅蘭
在霓虹燈下
女人的乳溝附近
展露亮麗的黃昏風景

成排的車燈
連結成長長的弧線
閃爍著
夜從遠方漸漸而來

救護車
以淒厲的聲音
急駛而過

載著我的青春

這首詩，有拾虹一貫的借用女體的描述，來達到說明歲月、青春、情愛的詩的標靶，而以救護車呼叫而過的喻顯，呈示他的青春歲月已經遠颺，表現了中年男子臨老時「淒厲的」哀愁。

這首〈中年人的體溫〉後來被他改名為〈我的秋天〉而發表在《文學台灣》第五十九期（二〇〇六年七月），內容如下：

停留在十字路口
紅綠燈前東張西望
不知道要不要越過馬路

綠燈亮了
紅燈亮了
綠燈亮了
紅燈亮了

地下鐵出口
那間花店
我喜歡的紫羅蘭
依然在霓虹燈下
女人的乳溝附近
展露亮麗的風景

燈光漸漸閃爍的街道
救護車淒厲的聲音
漸漸遠去又回轉過去

載著我的青春

比諸〈中年人的體溫〉，這首〈我的秋天〉無論就題目或內容都更趨於明瞭與簡潔，意思非常清楚，而前者花了很多的精神去鋪排詩的行進，整體的意象與意向卻又無法脫出後者，所謂詩的高低就是在此一時刻分出勝負的。

我不知道一般詩人的創作態度是否會「以今日之我殺死昨日之我」，不過拾虹習慣對已發表的作品，如有覺得表達不夠完美或結構不夠完整，一定會無情地予以摧毀重建，所以他的不少作品都是經過了修改，而他也有許多已發表的作品，由於自己並不滿意，並未被收入詩集《拾虹》或《船》之內，成為流蕩在外的無主孤兒詩；我一樣有這個傾向，但我所修改畢竟為少數，且很少有大動作，拾虹則對作品比較無情，這是他嚴謹的一面，依我個人的感想，作品對他來說，應該代表著詩人的尊嚴，容忍不夠完美、不夠完整的作品，是詩人的恥辱。

所以，拾虹每一首能夠問世的詩，都是那麼晶瑩、瑰麗、明澈，令人愛不釋手，但，能夠寫出許多好詩的拾虹，已經不會再有作品發表了，這是人世的損失、人間的遺憾，所以我寧願相信拾虹依然還在台北東區的街道游移，他的精神還在那兒，他的詩還在空中激盪，當台北東區的陽光、霓虹燈或閃電剎那照射下來的時候，也許正是拾虹的詩在空中迸裂出來的火花！

二〇一〇年七月十五日文學台灣七十五期

斷了根的玫瑰還活著

懷念秀喜女士，並不是在聞知她不幸逝世的噩耗以後。聽說她的晚景並不過得很好，我老想找個時間到「笠園」去拜訪她，但總是心裡想著，卻沒有積極的行動。雖然偶而在集會的場合能遇見她，但她身邊總有人圍繞著，因此也僅止於禮貌性的招呼而已，沒有再深談，這一點我對她是頗有歉疚的。

初識秀喜女士，是在二十二年前。記得當時她好像住在松江路的巷子內，如果我到台北，通常會去她家坐坐，對於一個十八、九歲的少年家，她還是相當尊重且熱情的招待我。那時我認識的詩人還不多，除了到過林煥彰兄的家以外，就數秀喜女士的家最熟。她還常常在她子女面前推崇我是她的「中文老師」，這句話也許只是她的忒謙，也或許在很多人面前她都這樣稱讚過別人，但年輕的我卻受寵若驚，對她的印象也特別深刻和良好。

後來，她的晚年遭到婚姻挫敗與兒女事業失敗的影響，最後遷居嘉義關仔嶺。從那時起，只要她寫信給我，一定邀請我去她的「別墅」住住玩玩，並且還多次畫了地圖，註明車子怎麼搭，計程車大概要多少錢，就是打電話給我的時候，也是如此熱情的告訴我「非去不可」。她總是描述她的「笠園」有多美，而且某某人什麼時候去過，我最記憶猶深的是，她說她的所有客房都灑了香水，絕對比任何旅館的房間舒服。

但我還是一直沒機會去享受她熱情的招待。我在猜想，我這樣可能傷了她的心吧？有一次她很生氣的對我說：「大概笠同仁中只有你還沒來！」這對她似乎是莫大的遺憾，而我也因為自己沒能找到適當的機會去拜訪她，覺得歉疚，她會不會覺得我對她是否失去了尊敬？她相當以「笠園」自豪，曾多次對我說：「到了關仔嶺，只要問起笠園，任何人都會告訴你怎麼走！」

秀喜女士熱情豪爽，心地卻很細密。民國六十五年，她給我寫了一封信，要我寄詩集和照片、個人資料等給她，沒說明原因，我照辦，但隨函問明原因，卻不獲回信。隔了一段時間後，她來信告訴我已獲當年的「優秀青年詩人獎」。據她表示，主辦單位為中國新詩學會，她代表「笠」推荐了我，但又怕遴選不上，所以事先不敢告訴我，擔心這種挫折感會使一個新進的詩人受到打擊，因此等確定獲選之後，才向我通知了這個消息。這種為人預作設想的心思，的確使我感動好久，也告訴了我什麼叫「前輩風範」，有些龍族詩社的人常稱她「姑媽」，恐怕也是恰如其份。

秀喜女士有母性細密的心思，卻沒有心機，她的坦蕩蕩的談吐，任何人與她交談都會覺得輕鬆愉快。她的話亦如其人，不僅沒有花招，而且愛心滿處；我嘗認為「愛」是她一切作品的主題，她的話就是在建立她「慈愛的王國」，任何人有空檢視她的詩作中的任何一首詩，都會發覺這絕非過譽之辭，這是秀喜女士做為台灣詩人獨一無二的特色。

以「愛」的角度來觀察眾生萬物的秀喜女士，最偏愛以花做為寫作的題材，除了在生活上她喜歡種花蒔木的高雅習性以外，在做為詩人的內心深處，花的美麗與純潔，以及富含生命無常的影像，都有可能是她選擇來做為內在自我意義存在的一種標的物，這是一種表示了智慧與仁愛的選擇，而她遺留在這世間上的詩，也圓滿地把她的美完全紀錄下來了。

懷念秀喜女士，對我，對眾人，應該永遠嫌晚。不過，正如她一首名叫〈玫瑰〉的詩，其中有一句話：「斷了根的玫瑰還活著。」還活著的玫瑰是斷不了根的，她似乎還活在這個世界上，某處，我們看不見的地方。而如果我有能力祈禱，但願她來世仍為詩人！

一九九一年三月十七日　自由時報副刊

評介陳秀喜詩集《覆葉》

一般而言，具有悲劇性格的文學作品通常是比較為人所共鳴的，特別在有效地灌注了人類的真情，而成為一件壯美的陳述，使人「痛覺」它悲切的神情於一霎那之間裸呈，就在這短暫而永恆的視感交溶的一刻，人們會興起久久的激動與回味。

為什麼悲劇較易為人著迷和難忘？因為美的事物通常並不是由於「完美」而起源，在人類審美心靈的運動當中，不完美極易造成悲壯的感情，不完美乃是悲情的起源吧，人們最能容忍的殘缺似乎也只有這一種。而無論是接受悲情或給予悲情，有一點共同的情況是這樣的：不斷地感動，不斷地在感動。

詩的悲劇氣氛同樣地仍為現代的詩人所掌握，也許只是他們所執著的位置和方向不同而已，嚴肅或輕桃，真摯或嘲諷，……也就建立了詩之多樣性的感度，成為詩的評斷價值之一。

因之，當可斷言現代詩在情感的樹立上仍有其重要的構成條件；情感仍舊是一種美，是我們所急於要感受的。至少就我個人而言，無法不承認一首感情生動且深刻的詩能引起我的悲劇神情——假如它有意這樣的話，那麼，無疑在這方面是一首成功的詩。我們應當怕的只是它的真摯性是否能夠真正地擔當起它所要表揚的實感水準。

陳秀喜的詩就常常給予我一個感想：如果要是就一般詩的高度知識內容來進行審判她的優劣，也許她會有失敗的時候，但要是說就此情感的光輝來映照她臉，那會是一張很漂亮而時時刻刻令人愛戀的臉。從她平實純樸的語言態度來看，她是一位腳踏實地的詩人，顯然她不會故作飛蛾撲火的姿勢，她只是淡淡地，把心裡面一股豐富的情感投注於詩的營造上，憑著作為一位女性詩人的靈悟，將那些豐富的情感，直覺或感知地變成一股親情的熱血。在那些詩裡經常放射著一種女人特性的生活（與生命的）意識、態度或經驗，而且它要逼著你：不斷地感動著。

談到陳秀喜的詩，大家難免都要提起「母性」，而事實母性的愛正足以涵納世間一切美的光輝，除此而外，作為一個女性詩人，不得不具有一切「母親的」敏感，而且甚至於要超越這種鋒銳的情懷。在做為詩集書名的這首〈覆葉〉裡：

倘若　生命是一株樹
不是為著伸向天庭
只為了脆弱的嫩葉快快茁長

不難讓我們感受到陳秀喜強烈的母性是不能泯滅的，甚至在〈嫩葉〉詩裡也強烈地暗示了身為一個母親，不但要有自覺，而且也要懂得犧牲與奉獻。我們不必說她偉大，因為詩是可以從容地從各種客觀的角度來游說，我們似乎只要歸納於一個問題：為什麼我們的男性詩人就沒有能夠寫出一首父性的詩來？甚至一般的女詩人亦然。可見陳秀喜一直不忘這份情操的自持，正是詩人難能可貴的地方。

兒子遭遇車禍
樹不為我招手
世界無助於我
行人無助於我
捏著沒有力的拳頭吞吐歎息

倘若能乘上閃光多好
老早就趕到現場
倘若能乘上破曉的曙光多好
老早就趕到醫院的窗口

白紗布紮不住血
頭破腿斷瀕死的是我
我的血哀喚著兒子的乳名
——乖乖等候我　等候我

（〈趕路〉）

在一段匆忙而焦切的路程，在一次無助而不被瞭解的心情之後，兒子遭遇車禍的血，也是母親的血，詩人心目中所操持的這樣的融合，已然造就了這首詩的動力，「乖乖等候我／等候我」如此深深地打進讀者的有情世界，引起有意設置的共鳴，而且能適時適地，我一直以為作者最大的技巧就在此。作者的詩通常是在一番預先的咀嚼後再求創作，因之在詩內裡隱藏著四通八達的意象設計，所有的指涉物都可以襯陪得宜，相得益彰，由於這樣的佈飾，可以增加詩的思想的份量。

想抱住父親痛哭一場
卻觸及到
硬且冷漠的碑石

熟悉的姓名
被燙金的文字裝扮成陌生的顏面
有人抱著哀哭
我卻為之愕然

背向碑石
鄉里的山啊
卻如此儼然
拒我於清明的風中

蹲在堇花旁
憂思的紫色啊！
咬碎了晨間的露珠
心中反覆著：
碑石不是我父親
碑石不是我父親

（〈今年掃墓時〉）

這首詩實在可以說是痛定思痛了。父親竟是一塊硬及冷漠的碑石，堇花咬碎了晨間的露珠，那該是作者當時心情的憂悽所造成的「幻象」，也或許該說是一種實像的感受吧。對於整首詩而言，單一的意象所重複的反而不是單一的語言，所謂抽象的聯繫也只有在幻像的實感裡才能存在，除非詩人本身當時的詩意志已達到飽和，否則鬆懈的心象片段並不一定能產生優美的聯想。

心馳跫音的黃昏
客人應該來的時候了
我翹望妳的到來

忽然接到一件禮物
如觸電流
自那筆跡察知妳不來的消息
我抑制顫抖的心
妳竟變成一件呢衣料
暖和如小鵝毛
黃玫瑰花瓣的顏色

啊！多麼渴念妳代替這件禮物回到我的懷抱
默然低問：
「買你的人兒臉色可好？如意否？」
它不回答我
從溫暖我顫抖的雙手

不禁淚滴在呢衣料上
望禮物如秋天的顏面
望禮物如沉重的岩石

而生日晚餐
我失望的心便急急啟程
奔赴向妳

（〈生日禮物〉）

這是比較屬於誇張性質的作品，卻不難讓我們洞悉了作者的創作基礎和詩觀。

通常說，詩的內力應是不斷地在呈示的程序上綿綿滾動著，就像河水的流動一樣，凡遇水便成渠。詩的聯繫力常常給予我們有著暢洩無阻的快感，尤其在詩質或組織上，左右逢源的事就意象流通而言是不可敗退的，詩人所擁有的詩心該是個體的團體，團體的個體，而非個體的個體，團體的團體——無論就哪一方面來說。詩的外觀顯然是較屬於發洩的，而詩的內容便是凝聚的組合吧？

再看看陳秀喜如何期盼女兒的〈歸來〉：

自妳離開我
家裡的每一件東西都出現妳
展綿花的翅膀
等待妳歸來

如今不是幻影
失意的妳露出笑容　奔向我
欣悅的我卻咬著上唇　走近妳
淚珠映著妳貧血的嘴唇
淚珠映著妳散亂的黑髮
驚喜和心痛的剎那

衝口說
「我做一道妳最喜歡的菜好嗎」
（而強忍住欲哭的嚎聲）
妳歸來
整個世紀的春天一齊飛進來
淒冷的寒風已從後門溜走
（〈歸來〉）

這和〈生日禮物〉所穿插的心理過程是相同的，但前者為時較長，後者為時較短；前者像流水滾動，遇水成渠，有一種低暢的感傷，後者卻像瀑布直下，尤其在「驚喜和心痛的剎那／衝口說／『我做一道妳最喜歡的菜好嗎？』」似乎是突然而然地，把全身的情感中心緊緊地栓在那地方，然後不斷地感動。

在《覆葉》裡較為特殊的如這首〈等候〉：

心比路燈還早
就點燃「等候」

好幾次打開窗
巷口卻給我失望
匆忙的腳走向別人的家

蝙蝠的飛舞
有時覺得好奇
此刻卻不值一瞥
反而
懷疑牠們是
增加心焦的罪魁
窗邊的「等候」逐漸
埋怨落日
為何昏暗得這麼快！

（〈等候〉）

我之指為「特殊」的原因，無非是這首詩所擬集的感情面目較平靜（雖然說心裡焦躁）。作者這本書裡大都是有著濃烈的感情或感傷的調子。

「心比路燈還早」以及懷疑蝙蝠的飛舞是增加心焦的罪魁，乃是一個有趣、穩重而創新的方法。詩的工具當指那些時時刻刻在一個不變的秩序裡變動著的有機物（包括語言在內），否則詩的工具又何嘗能夠擔當創作的永久任務？我以為「等候」是作者較有把握，較為完整的一首。

作者的作品若有不完整，是在於語言的浪費，幾乎每位屬於「跨越語言的一代」的詩人都有這種通病。當然，我們端賴文字使用的多寡為判定語言駕馭的優劣是不公允的，但我們相信多半的「詩語言」是意象與心象有意連繫而節省了文字才是高明的。新以《覆葉》一書裡，「父母心」、「透視」、「晒壽衣的母親」、「爹！請您讓我重述您的事」等幾首作品顯然有點吃虧。

僅從一般的知識探求也罷，語言是不該受到文字的干涉，但我們可以認為文字的有效或無效地運用，對於語言的彈性具有考驗的性格，文字也並不表示字彙的運用。就詩人而論，「文字」所涉及的語言層次較語言所賴以創造的「感覺」成因為實在，詩的文字是感覺的文字，而非文字的文字；而感覺由「搜索」源起，憑著文字的表達之傳統功能輪次表現，表現若乎於語言的指使，則文字當必供語言驅使乃無疑問。語言不能沒有文字，所以文字運用的探討不能使之成為冷門。

由感覺出發的語言，其文字仍必經由感覺的調整，濫用與不合時宜的情況造成文字的末日。

如今你擁有美麗的花園
茉莉花開放在你的足旁
我也擁有茶飯的江山
君臨這個可愛的廚房
我是你鄰居怕羞的少女
不知愁只怕羞
更怕穿過牆射來的少年深情的胖光
追思往事
你給我的青棗子酸甜的滋味湧上
當我飄然探訪南方的小鎮
只有你是認識的鎮民
然而鎮上的人我都覺得可親

自從彩色的夢被一座低牆隔離了三十年
初次在你的花園共遊
當年偏愛插上茉莉花的兩條辮子
已成稀疏的短髮

怎能再配上那不變的芬芳
如今茉莉花開滿你的足傍
喚起了我漠然的妒意
揮手向你的笑容道別
踏上宿命的軌道
青棗子酸甜的滋味又湧上

（〈重逢〉）

在不深入說到「詩語言」的時候，這首〈重逢〉文字的運用和調理與她另一首最具也是唯一具純抒情性的「憐惜這一小片的春」同屬《覆葉》諸作之翹楚了。雖然在「詩感覺」的領域裡，這並非一首佳作，但情愫的輾轉呈現，由於文字的跳動與連綴而成立，也算是可讀的詩。

比較有趣的對照，當是她的處女作〈思春期〉和收錄在最後一首的作品〈愛情〉，居然對愛情作了兩種性質不同的感受與闡釋，也許是因為年歲的關係。前者似乎勇者，後者似乎淑女；〈思春期〉可謂無技巧了，但〈愛情〉的藉鳥、樹枝、勳章、夕陽等的隱喻，卻固執地奏出了一個天真而和諧的曲子。

一隻奇異的鳥飛翔而來
沒有一定的途徑
不知何時　它來自何方
並不是尋巢而飛來

樹枝不曾擺過拒絕的姿態
向天空　像要些什麼的手
如果那隻鳥飛來樹枝上
樹枝會情願地承擔
最美好的粧飾
而且希望從此這隻鳥沒有翅膀
樹枝心願變成堅牢的鎖
因為奇異的鳥在樹枝上
比勳章更輝煌
比夕陽懸在樹梢　更確實的存在

樹枝等待一隻奇異的鳥

（〈愛情〉）

感覺性的詩有它特殊的方法，也就是因為「搜索」的角度不同與目標之不同的緣故，一般「感覺」的說法，主要是「感」別人之不易「覺」的，這種新的經驗一旦被挖掘到詩的領域來，自與繪畫的風格成了顯明的對比。詩是要淺入深出，畫則要深入淺出，藝術的傳統通常還是帶有一點各自為政的淵別。一如〈小皮球〉這首詩，作者是對於小皮球所下的意識在經歷著一番「新感覺的整理」之前就已決定了搜索的角度，而這是一個很好而富創意的角度，落筆彷彿不費力氣，然而畢竟是說了一件「很不平常的常事」！

同室的朋友為數一打
其中我最幸運
那隻大手掌看上我說：
「這一個的彈力最好」
小妹妹可愛的小手一拍
我跳得比她還高

要讓她高興
不辜負大手掌的賞識
我更起勁她　跳　跳　跳
有時碰到桌子角或椅子上
順便滾入沙發下　床下

小妹妹不會捉迷藏
看不到我就叫我　要我
馬上大手掌會來抓我
小妹妹午睡時也抱著我
可是大手掌竟把我放進黑暗的角落
並且說：「跳來跳去　滾來滾去　真討厭」
我不知錯在那裡
我知道最幸運並不是最幸福
從此我沒有和妹妹再見面

（〈小皮球〉）

強調「不斷感動」的此一情況，首先是在語言上的直接印象成為一種感覺的必需，假使詩人在語言上已採取了正確的態度，那麼這語言作為思考的前提，還有一點尚待商榷以便定品的該是它的張力的研究了。而陳秀喜在此一關鍵顯然是隱藏著一個危機。

彈性不足的語言態度使詩的內斂力缺乏聯繫中樞，而呈現張力的衰弛。張力不足的結果使語言在彈力的要求上無法竟功，產生了平鋪直敘的詬病。唯口語是沒有彈性的，因它不須張力來詮釋口語的動機，但詩的語言則是一種知識的動機，反而需要張力的牽制才能使內韌力量的動源發生得近乎含蓄狀態，而更趨完美。

故此，僅流落於簡單的寫作形式之中，便會產生程序性的滯動，這是語言的浪費。然則所謂「跨越語言的一代」，顧名思義在語言的操作上是有著根本性的缺憾，這些小瑕疵本來就可不置一詞的。陳秀喜從一個女性的周邊生活能寫出那麼多細膩、令人動容的詩，豐富了台灣女性詩人的遺產，是多麼令人感動與欽佩。

一九七四年六月十五日　笠詩刊六十一期

詩的短評

古添洪

教室手記

一張紙下來
就立刻翻動一個畫面
托腮咬筆抓耳朵

細碎的蠶桑
沙沙的風雨
每一個靈魂都陶醉在聲籟裡

一條蠶偶然抬起頭來
左右錯愕

然後間歇地爬出了暖窩

我很喜歡古添洪這首詩，寫學生在教室裡寫考卷的情形，如此美妙而生靈活現的描寫實在令人激賞。用「細碎的蠶桑」來比喻筆下墨水劃出的游絲，是再好也沒有了；或是「沙沙的風雨，每一個靈魂都陶醉在聲籟裡」，以說明教室裡大家埋頭寫字的情形，也是最恰當不過的，而「一條蠶偶然抬起頭來左右錯愕，然後間歇地爬出了暖窩」，學生交卷前左顧右盼的神情躍然紙上，這是多麼可愛的描寫啊！

一九七〇年六月十五日　笠詩刊三十七期

李敏勇

思慕與哀愁

透過花玻璃
女人裸露的胸口照印著黃昏

原始的風景
這是一處美麗的江山
連緜著我的思慕與哀愁

無窮盡地攀登
到達的是燦爛的末稍
徐徐地滑落
下沉到深不可測的幽谷

我不眠地
利用肉體的回音計量愛的距離

光裸的背面

就這樣翻轉過去
暗褐色的平原直通往天堂那邊
床燈是盞小小的烽火
燃燒到歷史終將毀滅的一天

仆倒的
我的姿勢竟抽泣起來
肉體的邊際是無限的

傅敏（後改回本名李敏勇）崛起詩壇不過幾年工夫，但他寫詩瀟灑一如其人。在〈思慕與哀愁〉裡，他首先就以「透過花玻璃，女人裸露的胸照印著黃昏」，給予「思慕」和「哀愁」一個鮮明的意象。然後在「我不眠地利用肉體的回音計量愛的距離」，悄悄而瑰麗地收拾了這首詩，始終那麼乾淨俐落。「用肉體的回音計量愛的距離」這句話，透露了詩人異於常人的聰慧。

第二首〈光裸的背面〉，作者以其獨特的感受力和敏捷的聯想力，使得光裸的身體「就這樣翻轉過去」，顯出背面「暗褐色的平原直通往天堂那邊」，對男女的歡愉來說，肉體的平原確實無遠弗屆。又像「仆倒的，我的姿勢竟抽泣起來」，讓我們深深地體會到「光裸的背面」那令人感動的愛之哀愁，而這些都不失其簡潔之美。

這兩首詩都是描寫男歡女愛的情節，由於語言新鮮甜美，不致有猥褻感，可說不落俗套。

一九七〇年六月十五日　笠詩刊三十七期

何光明

升

節約你的用詞
把語言留給長官
保持清醒
看他表演
保持沉默
聽他發言
儲蓄你未來的權力
留給明天的地位
走進電梯把自己封閉
升上去

台灣光復節

一九四五年十月二十五日
台灣光復。訂定台灣光復節
慶祝台灣光復節
全國放假一天

早上
自夢中醒來
黎明驅逐黑夜
全家出門去逛街
看太陽光復了
杭州路
鄭州路
徐州路
汀州路
廣州街

潮州街
漳州衡
蘭州街

晚上
自夢中醒來
全家去吃館子
看霓虹燈閃亮著
廣東館子
四川館子
山西館子
雲南館子
蘇杭館子
江浙館子
山東館子
蒙古館子

大陸光復台灣？
台灣光復大陸？
「以光復台灣的精神
來光復大陸」

何光明的〈升〉，簡潔有力，〈台灣光復節〉則具批判意識。〈升〉一詩，從詩中前面的部份看來，應該是在陳述政治圈的鬥爭心機，所以有了「長官」「權力」「地位」等暗示語詞，但後來出現「電梯」，「電梯」的屬性比較商業化，因此令人想到是否在描寫一般機構人事升遷的現象，所以作者也有可能是要表達社會常模。

以電梯來喻示「升」的意象，是很好的發想，但一般都是長官先搭電梯離去，做部屬的隨後才上去，所以要「升」的話，應該長官先「升」了，在語意上部屬的心機會被弱化，但部屬的心機就是全詩的重點。

〈台灣光復節〉一詩，首段其實可以全部刪除，或簡化處理，也許作者有意藉此疏懶的態度來表現嘲諷吧。第二段「看太陽光復了杭州路⋯⋯」後，是全詩進入高潮的所在，原來台灣到處都是「中國大陸」，因此曳引出作者認為是「大陸光復台灣？」抑或「台灣光復大陸？」的質疑，而從這質疑中，獲得批判的快感。唯最後一段似乎也是贅語。

一九八八年八月十五　笠詩刊一四六期

鄭炯明

歸途

為了生存必須獲得諒解嗎
為了死必須忍耐生嗎　為了我
是一個人……

懷著破幻的心向城市急駛
我坐在吉普
四周像敵機來臨的前夕
無聲　但溢滿危機

因為我已死了
現在即使說
「喂，用力一點
把你的愛也一起吹進去吧」
也來不及了

那麼
關掉引擎吧
我喜歡這樣自由地
任其墜下懸崖

我們對於生存或生存的意志經常帶有批判的眼光，並往往試煉批判，結果它不是肯定的便是否定的。在這種時候，我們都會有所選擇，那又可能多出一種遲疑（或說介中）現象：即不肯定也不否定、無法肯定也無法否定、不知肯定也不知否定……。

由於前述的概念，根據這首詩，有一種情形是可想像的：痛苦的生嚮往未知的死亡；死亡的時刻則嘲笑現實的生。

如果把「死」劃入齊克果所說的那種心靈和意志上的「絕望」，則它可能採取三種形式：未曾意識到擁有自我之絕望（不應稱之為絕望的絕望）；不欲成為自己的絕望；欲成為自己的絕望。這三種形式又可演述為：可能中的絕望，和成為事實的絕望。

顯然，作者的表現應屬於「欲成為自己的絕望」與「可能中的絕望」，好像有一種無聲的危機，逐漸在腐爛我們生存的意志。

當然不能相信作者真正喜歡在開車的歸途關掉引擎「自由地」任其墜下懸崖，我也不敢相信作者本身因對人生透視得如是薄弱而突然感覺想自世界消失的那份快意，我樂於把它看成是「決死欲成為自己的絕望——挑釁」，換句話說，這是一首具有辯證性質的詩，作者在演繹一個反逆的現實人生。

一九七一年四月十五日　笠詩刊四十二期

陳明台

緘默

遺忘無從訴說的語言　所以　妳和我經常保持緘默
「只要把有力而溫暖的手和手緊握嗎？」妳說　一句
話也不願吐露出來　走過沒人窺探的原野時也是　烏鴉的
口舌到處嘈雜時也是　因為　在古老的年代　妳和我的語
言都已死去
「只要把苦澀而無奈的笑容和笑容掛在臉上嗎？」
妳說　一句話也不願吐露出來　像是神秘而溫馴的活火山
掩藏滿肚委屈　沒人安慰時也是　受盡侮蔑時也是　因為
在古老的年代　妳和我的語言都已死去

「那麼把語言埋葬吧　一直到有一天星星之火成為熊熊
之焰的時刻　有一天哪」妳又說

遺忘無從訴說的語言　所以　妳和我經常保持緘默

把我們的語言放進感應經驗的秩序裡，如果這是一個公式，我們得到的等值，不是緘默，便是說話。

那樣，緘什麼默說什麼話呢？什麼時候該緘默什麼時候該說話？緘默怎麼，說話又怎麼？緘默好呢還是說話好？緘默較真還是說話較真？……這些，都是課題，而語言對現代人確是很難的課題。

不願吐露，是因為我們所說的語言「已經死去」？那麼，「只要把有力而溫暖的手緊握、只要把苦澀而無奈的笑容掛在臉上」，那個時候這就是語言？所以用肢體行為代替語言，以緘默維持共識。

現實確實有很多禁忌，有些話不能隨便說，苦澀而無奈也要忍耐。

而語言的緘默，「像是神秘而溫馴的活火山掩藏滿肚委屈」，但那終究會是一種力量，那才是語言真正的力量，忍耐著，「一直到有一天星星之火成為熊熊之焰的時刻」，從久久緘默中突然解放出來的語言，恐怕正是作者所樂於執著和期盼的語言，或說是一種革命吧。

就當作遺忘了，把語言埋葬，經過緘默的錘鍊，語言終究會像礦產一樣的出土。

一九七一年二月十五日　笠詩刊四十一期

陳鴻森

遼闊

老天
因為了無牽掛
所以能遼闊

每次見到天那種嘲弄意味
我便會浮起強烈的嫉妒
而加緊練習揮手和低聲說再見

在一次眾多的張望裡
我沒有解釋的
把自己高高拋起

但卻被土地拉回來的我
這才知道自己永遠只是個
人

詩是突然，也帶著意外性的超越。

「意外」的本身，並不限定突然，且含有異常的亢奮和痛楚的一瞬，即使是宿命性的突然驚覺。意外應是在這無限具體存在的事實上，早已存在著這種等待蓋棺的現象，所以意外經常也是富於啟迪與驚覺性的，屬於被語言和意義所可相互認同的。

設使我們所謂「呼天搶地」的人一般來講都是因為受了不可抗力的屈辱的話，我懷疑陳鴻森是不是企圖以自己倘被這世界拋落的那份無奈去否認或批判這宇宙象限所帶給於他不太願意承認的事實。

相信老天所拋落給於我們的第一個印象就是這遼闊。

人是不可能了無牽掛的，我們改觀這世界與自己的關係之機會並不易存在，所以怎麼也遼闊不起來而終之望著天空不得不自慚穢小的陳鴻森，有著一種被土地扼殺的感覺。

站在土地上的人，是不可能與天看齊的，土地是根，人是釘根於土地。

那麼，基於對天的遼闊所帶來的妒意，而委託於自我嘲諷的拋起摔落的動作，該算是人對天最大的攻擊吧！

以很接近新即物性的表現手法來標榜詩的irony，因推翻了寫實領域的滯宕而抓出了全面「感動」因素的容貌，有著強烈而新鮮的痛快！

一九七二年四月十五日　笠詩刊四十八期

桓夫

鏡前

被擾亂了的髮梢
被吮乾了的嘴唇
負荷疲憊的情愫而匍匐於鏡前
一陣
純潔的懷念閃亮於她底眸子

慣於挑逗的舌尖尚殘留著
一股爛熟的蘋果味
瀰漫在白壁之前
染出了臉上的雀斑
若無一種油然的頑性沖淡了羞恥……

她不想再梳一次頭髮啊
鏡前
她不想把閃亮的貞潔也梳掉了啊

桓夫這首詩看似好像不太花費技巧，而其實是不留痕跡的技巧。「被擾亂了的髮梢，被吮乾了的嘴唇」，包括的是我們的煩惱，我們的愛，我們的快樂，我們的傷害，以至於我們的生活等等，這是我們生長中無法避免的過程。

作者認為，「若無一種油然的頑性沖淡了羞恥」，誰也不願自我暴露出「慣於挑逗的舌尖尚殘留著一股爛熟的蘋果味」，因為一種衰老的感覺「瀰漫在白壁之前，染出了臉上的雀斑」——白壁和雀斑在此顯然成為一個明顯的對比——這很令人討厭吧。

基於轉位之後的「雀斑」必然帶來麻煩，所以她是「不想再梳一次頭髮啊，鏡前，她不想把閃亮的貞潔也梳掉了啊」，其實「貞潔」也就是「白壁」，也就是「純潔」，換句話說，就是指女人的青春。

詩裡的「她」，似乎是一個少婦，可能給我們以一種幽怨的感覺，好像感嘆青春（純潔、貞潔）一去不再來，這種感覺接觸得愈多愈久，愈使得我們對她有親切感，也許她的「顧影自憐」也讓我們觸景生情吧。

一九七〇年十月十五日　笠詩刊三十九期

溫柔與鋼——短評李敏勇

一九六九年出版了《雲的語言》是傅敏最初的抒情。

大抵上，那個時期的傅敏頗有「納蕤思」的氣質，在唯美而感傷的神韻底下，顯露了文藝青年慣有的性情。當時地所寫的散文或詩，通俗著說，該是充滿了美的幻想和哀愁的發見吧。可是當時的那種抒情歷練，對未來的李敏勇而言，未始不是埋下了一條「根」，這條根是基於美學的自我要求而計量出來的，那就是「溫柔」吧。

傅敏的第二條「根」，應該是「鋼」。

給我這「鋼」的印象的是《雲的語言》之後迄至一九七七年《母音》集發表之前的這段期間。這期間雖然他仍保有著溫柔的面相，但已更站在「技巧」的前線，追求語言的力學計算，而對語言有了目的性的約制。語言一經這種約制，才能顯出鋼硬的力量，像田村隆一那種「仗持鋼硬的語言以對抗軟化的存在環境」，實際上即是基於語言力學的計算而造成的，此中「鋼硬」係相對於詩裡「存在環境」的「軟化」而被配慮著的。

可以說，就詩而言，溫柔是傅敏的氣質，鋼硬則是傅敏的技巧，這二者相互激盪的結果，產生了冷靜而帶著思考性的李敏勇。

發表《母音》集的當時，傅敏即捨棄了筆名而採用真名，無疑是想對過去的自己告別吧，這「告別」的原因，應是「詩人的責任」已然在李敏勇心中成形。從〈母音〉到一九八一年發表的〈從有鐵柵的窗〉止，他的作品不多，但都對現實環境充滿理想，同時又充滿批判的，過去在技巧上的經營，表面上已被減低了興趣。

不過，這不能說是李敏勇告別了傅敏，而應是李敏勇跨越了傅敏。正確的說，如果不是傅敏過去在詩學上所奠下的「根」，今日的李敏勇也許將只淪為像「社會動物」那樣簡單的「社會詩人」而已罷！畢竟「詩人的責任」須有其在詩學上的擔負為首要條件的。

每當停頓一陣，他總有新的東西要出來，〈從有鐵柵的窗〉以後，一年多未有作品的李敏勇，應該值得我們期待。

一九八三年四月十日　詩人坊詩刊四期

短評王麗華

「笠」的女同仁一向各具特色，如張芳慈時常流露形而上的哲思，顯見其屬於智慧型的操作；而利玉芳則較具熱情，但熱情中仍不乏冷靜，以達到情緒的節制和藝術性的均衡。

王麗華的作品固然所見不多，但由於寫作方法獨樹一格，政治意識的標示也相當搶眼，加上慣有的長條句令人印象深刻，因此在女詩人群中顯得具有不同的氣質。

王麗華寫政治詩頗有大將風格，雄壯，而且咄咄逼人。像〈他們對著我的窗口演講〉、〈自由的國度〉、〈政治犯〉等詩，都具備了進行曲一般的質素，如果加以演誦，「環場效果」一定不錯。不過，她也寫過〈折磨〉、〈寂寞〉等藍調情趣的詩，「你說妳是弱者，只好靠著愛，來折磨我」（〈折磨〉），如非有相當的體驗和細膩的感情，恐怕很難做此觀察。因此，如果可以探測她內心的世界的話，其個性的礦產應該是很豐富的。

然而，寫詩的態度過於「率性」，這也許是她應該自我評估的問題，像〈我們只授業不傳道不解惑〉這首詩，就花了太多的精神去演繹某些現象，以加重批判的力量，但常因而偏離詩的軌道，事倍功半，使詩質耗弱太多，也使得結構形式稍顯零亂。當然，有時「率性」就是一種「真情」的表現，也許有人會喜歡這種詩。

一九八八年十月十五日　笠詩刊一四七期

兒童詩賞析（一）

山

劉育偉

山像媽媽的奶奶，
山上的樹是媽媽奶奶邊的汗毛，
人就是毛中的小生物，
山上很暗時，
就是奶奶已經戴上奶罩了；
下大雨時，
就是……媽媽已經流汗了

這是台北市長安國小六年級學生劉育偉的作品，引自金文圖書公司出版「兒童詩的創作與教學」書中的「漢聲兒童詩選」。本詩以「山」的形象特徵，藉著與「媽媽」的人體特徵為聯想關係，表達兒童認識物像的觀察。

「比喻」是創作上常見的技巧之一，本詩雖出現了「山」和「媽媽」這兩個主題，但就詩的整體表現來看，「山」是真正的主題，「媽媽」是被用來比喻主題的物象，但是透過這個此喻，才使得主題顯得親切有味，也使得主題意義獲得血肉化和生命化的發展。

兒童在初學作畫時，習慣上都把山畫成倒W形，以致有「山像媽媽的奶奶」的比喻句法出現。一開始媽媽的形象既已溶入，以後的描寫就是依據這個形象而發揮，所以「山上的樹是媽媽奶奶邊的汗毛，人就是毛中的小生物」，即延續了第一句的表達方式，「汗毛」也可能指的是腋毛，兒童在成長期與媽媽的依偎較深，印象也較強，但特別使用微不明顯的汗毛，則增強了山與樹或媽媽與孩子體膚相親而見微知著的關係。接著說「人是毛中的小生物」，一方面表現了人在山中行動的渺小，以示山的壯大，一方面又隱含了媽媽呵護小孩的偉大天性，設想得很恰當。

「山上很暗時，就是奶奶已經戴上奶罩了」，這句話是描寫天色忽暗，原來裸露的山峯蒙上了一層烏雲，好像媽媽的奶奶戴上奶罩，看不見了。這是根據兒童幼時接受媽媽哺奶的印象和經驗而浮現的，由此推溯到前面三句，則產生嬰兒被抱在媽媽懷裡哺乳的畫面，不僅流露自然的感情，也把山的壯大「母性化」，加深了「山」和「媽媽」的疊合關係。

最後，「下大雨時，就是……媽媽流汗了」，承接上句烏雲滿佈的場景，果真下起雨來了。其中的……有下雨的圖象效果，也作思考狀態用，而「媽媽流汗了」則把詩的結尾固定化。詩的結尾是創作的重要關鍵，對全詩的意義影響很大，這句「媽媽流汗了」是對媽媽的功勞做象徵性的結論，也符合「下雨」的比喻。因此回顧全詩，宛若一幅感人至深的「親子圖」，主題雖在「山」，卻選用兒童對媽媽的感情來觀察，使意義積極擴大，創造了「母恩如山高」的峯迴路轉的效果。

一九八四年六月三日　自立晚報學生園地詩人節特刊

兒童詩賞析（二）

一塊錢

郭思堯

有事打電話
沒有一塊錢；
坐公車買票
缺少一塊錢；
買一張圖畫紙
差了一塊錢
怎麼辦？

媽媽這樣問我
可是我還是把一塊錢
拿去買糖果。

這是基隆市東光國小三年忠班郭思堯的作品，引自七十三年六月三日自立晚報「學生園地」版，當日為詩人節特刊。這首詩透過兒童個人日常生活細節的行為表現，紀錄了汎態性的兒童心理和行為意識特質。

在現實層面上，小小的一塊錢固然微不足道，但就經濟價值而言，功能卻至為明確，作者掌握了這個認識而加以發揮，婉轉地表達了兒童的生活意氣，流露著不誇飾的技巧。

本詩很明顯地看出倒敘法的痕跡，前段七行以疑問句所引發的反省力，間接肯定了一塊錢的用途，方法很特出，加以「沒有」、「缺少」、「差了」這三個同類語詞的錯開分配使用，避免詩意陷於呆板化，更見用心。後段三行可分為兩節來談，第一節「媽媽這樣問我」這句話，正是倒敘法運用的焦點，本來應該放在本詩的開頭，但為使詩想活潑富變化，所以放在第二段，接替說明前段七行的疑問句是由「媽媽」提出的，在此，首次出現孩子與母親「對抗」場景的伏筆，以支持後段第二節出人意表的結果，產生對蹠的張力。

這首詩的場景由於倒敘法的運用，而有著豐富的變化，作者故意先破壞了詩想的進行理路，而透過隨後出現的「媽媽這樣問我」這句話，又把理論上應有的語思順序重新組織，既能出人意表，又能產生詩想的激盪，充分掌握了詩的變化要素。

由於語言簡潔清楚，雖然引進倒敘法，整個場景和意義的理路進行仍可一目了然。首先是作者手上握有一塊錢，母親為防範他拿去亂買零食，便以一塊錢的「急用價值」告誡他，這是常見的教育方法的一種，例如「有事打電話」「坐公車買票」「買一張圖畫紙」的時候，如果缺少一塊錢，事情就辦不成。當然，打電話、坐公車、買畫紙都是作者日常的生活經驗吧？值得注意的是，作者使用「怎麼辦？」的疑問句，這不是無自覺的用法，而是一種技巧的表現，本來母親告誡子女通常都採取高姿態，很可能嘮叨個沒完，但作者卻有意使母親的形象完美化，從前段七行的表達方式看，可體會出這位母親是採取「誘導式」的教育，由問話中誘導作者自行思考一塊錢的重要性，而不強迫灌輸大人的觀念或命令。

作者塑造了這個溫和的家庭教育的背景之後，接著立即又拉回到兒童頑強的本性上，「我還是把一塊錢／拿去買糖果」。作者在前段已表明不能亂花錢的認識，再而創造出一個懂得家庭教育的好母親，本來詩中的氣氛充滿著和諧與智慧，但後段筆鋒一轉，以兒童無法拒絕「糖果」對他的誘惑，而甘願違背良好的家庭教育和母親的勸誘，依舊把錢拿去買了糖果。在此，第二度出現孩子與母親對抗的場景，且有了決定性的勝負意識，對主題有了交代。作者背著母親到外面去買糖果，那顯然是母親看不到的，正好呈現了於管教空隙間自發的兒童原始性格。

基本上，兒童是可以教育的，但教育無法完全約束兒童與生俱來的正常的「慾望」，這種本能的慾望一旦遭受壓抑，兒童便會有本能的反抗。作者在詩中毫不避諱的把他的「惡」表達出來，正給人一種「善」的印象，我們從母親告誡他的問話中，知道他雖是一個被教育中的小孩，但卻能自行打電話、坐公車、買畫紙，又能塑造母親美好的形象，可見他該是一個成熟而具有智慧的小孩，然而，他仍無法排拒如「糖果」這種慾望象徵的引誘，雖則也表現了反抗之「惡」的童性，但一旦誠實寫來，則就充滿思無邪的境界，是難得的思考型的詩。

一九八四年八月　海洋兒童文學五期

第四輯

詩壇掃描

現代新詩漫談

五四以後，新詩輾轉進入了一個新的里程，由胡適實驗主義的白話詩開始，一直到目前仍然為一般讀者所排斥的現代詩為止，其間的演變，無論就詩的「內容」或「形式」（P. Gurrey所謂詩的兩要素），莫不都因著時代潮流的自然需要而發展的。我們可以略就幾十年來新詩的演變程序大致冠以一點借稱而如此排列：

白話詩（五四時期）↔自由詩（三四十年代）↔新詩（四五十年代）↔現代詩（六七十年代）↔

此一過程（其中所指年代及借稱並非全為說明時間性質或武斷當代詩貌，只在意味著一種趨向觀念）既是為了適應時代而自然演變之，雖是每個時期的詩都在顯示每個時代的特色，但事實上它們都具有相當的連貫作用。在產生之前，它們乃是同一體中逐漸醞釀的新元素之一，直到產生之後，它們才得以成為另一個獨體，然後自身再不斷超出、生長、蛻變和反射。

在白話詩時期，由於猶受著舊詩詞帶韻腳的習慣所影響，一方面只在嘗試的階段，所以並未見有較為達觀的發展。及至自由詩時，才打破了這種格律主義的勢力（但非徹底滅絕），卻因當時中國初次廣泛接受西洋文學和歐洲象徵主義思潮的灌輸，莎士比亞、泰戈爾、惠特曼之流的抒情詩歌為多數詩人所採取；加之彼時左派猖獗，一些詩人往往因不能自持而陷入迷失狀態，生活靡爛，情緒低潮，因此仍不免停留在風花雪月、飲歡詠歎的抒情時代。不過新詩的成長算是於焉開始進入了情況。

以往白話詩因只求淺顯易懂，而完全失卻了應有的含蓄美，不夠深刻；至於自由詩雖則達到了揮發感情的基層目的，但技巧猶嫌草率；而新詩不僅注重詩本體所含蓄的美的條件，並且尤為講究「感情入詩」的寫作技巧和深度，因而成為日後發展現代詩的一個有力的跳板。可惜這種詩大多是直線式的，有「聲」而少「詩力」，僅僅屬於一種衝動（impulse）而已。

而現代之為現代，並非為著時髦而言。事實上當代科學極端發達的工業社會，給予人類對等的思想實在是背負了一項歷史的危機。換句話說，人類如今瀕臨了一次極其艱苦的高度壓力——內延性心的自我掙扎，以及外延性理的物質戰爭，而其心靈或精神所負荷的重量，實在是超越了「自己」。因此，現代詩所指示的，必須是對於「現代」所作的一種抵抗，以及難言的闡釋。基於此，凡做為一個現代詩的探索者，至少應該是沉痛的！

今之詩人由於多少受著純正批評所限，已少去堆砌辭藻之弊，而沉著形求於詩的技巧。這裡所謂技巧者，含有「現代性與前衛性之追求」的意味，換言之，乃是詩在進行當中同時由四面八方所迸發出的力量，即如詩之意象、感性、知性、張力、延力、語言、觀點、傳達、智境等等，凡此現代詩所表現的有哲學性的「焦慮」和「悲情」，有與生命（存在）緊緊結合的「示現」和「智覺」，而大大展示了現代詩「確切的給出」了什麼，這毋寧是可喜的事。不幸有些新詩人因為過份敏感於這種欣喜的創作效果，反而逐漸矇蔽了詩人本身原有的風格與乎獨特的相貌，庶使幾乎失去本然「自己的」「價值」；此刻詩人們若不再有所警覺，這個欣喜是絕不會恆久的，它必然會被後日的詩人所背叛，而創造希望新的（自己的）基形，因為唯有如此，詩的價值才是自身俱足的，站得住。

前面說過，現代詩一直到目前為止仍為一般讀者所排拒，實在是由於「轉變」使之然。我們接受了幾千年傳統古詩的薰陶，如今突然跳在一塊陌生而新奇的泥土上，總是較難適應，這是目前推展新詩一個最大的阻力。我嘗在一項談論「現代詩的環境」裡提到：「現代詩所呈現的其實是哲學的智識，它的表現乃是積極的，有深度的，且具有時代性的。由於它的嚴密與博大，使得現代詩的可讀性並不像小說那麼伶俐剔透；因此，現代詩被誤認是晦澀的、賣弄的，而與讀者冤枉地脫了節。此一情況促使現代詩缺少了讀者，而造成目前處境的孤獨。但詩人們尤宜設身處地為著現代詩的遠景做一番舖路工作，以實際的生動的完美的方式，將現代詩深刻地栽進大眾的心裏，此是詩的義務也是寫詩的目的之一。」我的意思並非盡咎在詩，而是現代詩人當以「自我」為出發，再以「大家」為收穫，用最貼切的姿勢打動所有的心靈，如此才可談及詩之前衛性及發展，而以詩人當先領導實際活動的方式擴大詩的範圍和接觸面為補救方法之一。

另一方面，由詩人本身開始建立有系統的優良評介工作，仍是目前發展現代詩的捷徑，而且是不可缺少的。T・S・艾略特認為批評正是居於作者與讀者之間的橋樑，新詩目前之處境可謂孤獨，我們不僅更需要大量的評介工作來居間策動現代詩的自覺覺人與引導讀者深入奧秘的真境，還要要求詩評人本身的自覺覺人以及對於詩奧秘的真境之充分了然。

批評無疑也是創造，並且是一種更深博的學識與創造。而詩人兼詩評人的身份並無不可，只是除了精闢的見解與明快的感覺力，以及更堅定的創作態度之外，必得「比別的文學形式需要更多的學養」（艾略特語）。劉勰：「九操十曲而後曉聲，觀千劍而後識器，故圓照之像，務先博觀，閱喬岳以形培塿，酌滄波以喻畎澮。」正給批評人一面鏡子。詩評人固然以「無法之法乃為至法」為經，卻要以「真知灼見」為緯，總得足補詩人寫詩所未能盡全表達的空間而後已。目前因為詩評人太缺乏了，以致某些有志於現代詩的讀者入門無法，而削減了詩的鑑賞力，不能不說是一種遺憾！

談到詩的表達問題，已成為近來新舊爭論集結的焦點之一。一般人之對於「現代詩」一詞總有晦澀的感覺，乃是因為不能接受詩的表達方式與效果，這對於一個正在不斷生長和求新中的事物顯然有所偏頗了。不過詩人們當心，詩不是不可「懂」的，若僅在繁沓重覆的意象裡一味尋求奧秘的力量，其所得結果往往會脫出所欲表達的意境，同時對於語言的處理，一般的情形當注意於詩整體所展伸的調和力，並且要不落瑣細偽託，以免患上「好高騖遠」的語忌，使之駕馭不成反為累贅。新詩人有識於此，當可化「晦澀」為「智慧」。

新詩發展到今天，很明顯地，已由外力的編織而逐漸進化到內裡的放射。至於新詩是否仍然「言志」、「載道」，答案自然是肯定的，只是我們必須在「志」與「道」的字義上重新賦予一個具有時代意義的解釋。有人曾將「志」解釋為「吾人對世界事物所引起的心感反應之全體」，則此「道」字，我試謂之「吾人對傳統與個人所引起的感知直覺和其反省的建設」，二者都屬詩之力量，至於其他人是否有更好的解釋，或更好的看法，也是可以期待的。

一九七一年一月　葡萄園詩刊三十五期

精神已形成

——賀笠廿五週年

「笠」有廿五年了，真是不可思議。創刊那一年，正當我初中畢業，還是一個涉世未深的少年，最大的嗜好就是參加作文比賽和欣賞女同學，腦中還沒有新詩。開始寫詩，約是在高中時代，接觸《笠詩刊》也在那個時期，至今已超過二十年頭有餘，從一個毛頭小伙子到如今身為兩個孩子的爸爸，生活對我的歷練正如時間對「笠」的歷練一樣，我成熟了，「笠」當然更成熟了。

與「笠」結緣時，我還沒有當兵，沒有結婚，沒有生孩子，現在我已是一家之長，孩子壯得像條牛，「笠」怎能不茁壯呢？

許多詩壇前輩可以說是看著「笠」長大的，而我可以說是隨著「笠」一塊兒長大的。在漫長的詩的旅途上，「笠」使我不感到孤獨，不感到頹喪，甚至使我對詩的信仰遠超過三民主義太多。在我的著作中，總不忘在後記裡提到「笠」對我的激勵，這絕不是矯飾的情感，而這種情感相信存在於每一個「笠」同仁的心中。

廿五年的歲月使人經由不同階段的改變而成長，但「笠」雖然更成熟更茁壯，卻永遠堅守志向和立場，從本土情懷出發，如今仍是本土詩藝術的塊壘，所不同的是「笠」同仁的觸角已分入本土的各個文化塊壘，展開社會參與的建制活動，充分擴張了詩人的價值。

未來的生命固然還在等待，但「笠」使詩人變得更有價值，崇高的精神已經成形，這是最大的賀禮。

一九八九年六月十五日　笠詩刊一五一期

誰是眞正的詩人

本屆世界詩人大會，我國自費隨團出席的代表張香華女士，在會中擬以英語朗誦其作品，卻遭我代表團負責翻譯及庶務工作的秘書瞿立恆教授阻止，並要其改唱歌謠「茉莉花」，引起張女士及其作家夫婿柏楊先生之不滿，而於返國後之記者會上透露上情。

我國參加此項世界性詩人集會係自一九六九年第一屆就已開始，官方屢次透過鍾鼎文先生之安排選派代表出席，不料自第一屆起就發生了「月亮與泥鰍」事件的笑話，充分顯示了我們某些「大詩人」爭名奪利的假資格與反自卑心態。

此時我們不想為誰辯論功過，但這些表面上看來似乎只是內部協調不足或個人之好惡衝突而已的笑話，實際上卻是國內現代詩壇及部份詩人歷經畸型進化所結出的惡果，見微知著，我們不禁又要想起「誰才是真正的詩人」這樣的話題。

也在一九六九年，評論家必也正（羊令野）先生就針對這些代表人選資格問題提出存疑：「代表團人選既是代表，亦即代表我國詩壇，何況又是一個國際性的集會，縱然以個人名義出席，也有其代表國家的必然性，所以代表必須是好人。此處所謂好人也者，乃是說詩寫得好，情操要好，出席此類國際性集會能替國家做一些好事。可是這個代表團之中，有些人都缺乏這些好的條件，真是鴉鴉烏也。代表誰？即代表作為一個詩人的自己，還是不夠格的。」

要歸溯造成這種不得人選的因素固然很多，但詩壇到處充斥著假性詩人以致造成真身辨認障礙症的事實，卻是個幕後主因。

我們同意一個真正的詩人應該能寫好詩，在活動道德上也能有好的操守，可惜我們現在所見的「名」詩人，大都是名字經常見報或聚會經常露面而「成名」，倒不是以「好詩」而出了名，這其中「成名」的意義和奧妙，實在值得我們深思。依劣幣驅逐良幣的道理，這些人照理最後只有被詩壇所驅逐，否則詩壇必然遭到劣幣所全面壟斷，但事實卻不然，他們依然能以假詩、偽詩到處橫行，我們毫無反省、分辨的能力，致使派不出像樣的國家詩人代表。

假若詩壇一直未能覺醒，不能共同努力打破這道瓶頸，將來想拯救這塊淨土，恐怕會越來越難，說不定我們的官方文化部一旦成立，也許會接受某大牌詩人的建議，為求整頓及管理方便，所有詩人一律須經檢覈請領類似「理髮師執照」或「演員證」的「詩人執照」始得合法執業吧？

笑話應該好笑，可惜的是，我們的笑話常常不好笑。

註：一九六九年第一屆世界詩人大會在菲律賓召開，有一位我國代表自詡是天上的月亮，直指另位我國的代表詩人是地上的泥鰍。

一九八一年十月十五日　笠詩刊一〇五期

貓和老虎魚和雪

——對洛夫「詩壇春秋三十年」文中的一點反響

傾閱《中外文學》第十卷第十二期之「現代詩三十年回顧專號」中，洛夫所寫〈詩壇春秋三十年〉一文，文中在「笠的語言問題」這一階段，曾對筆者於笠一〇五期、一〇六期所發表的兩篇文章〈從抒情趣味到反藝術思想——三十年來台灣現代詩方法論的追求〉以及〈都是語言惹的禍——評蕭蕭「現代詩七十年」一文〉，提出非議之論。

筆者這兩篇文章，多少牽涉到詩的語言問題，特別在〈都是語言惹的禍〉一文中，是針對語言的認識問題而向蕭蕭有所質疑的，也許洛夫讀後不以為然，所以他說：「他們對於作為詩的表現媒介的語言，似乎在美學的觀念上與我們的看法略有不同，值得進一步討論。」在洛夫的分法之下，「他們」一詞顯然代表了「笠詩社」周圍的人，而「我們」一詞，當然就是指洛夫以及「創世紀詩社」周圍的人。

不過，洛夫還是沒有分清楚，「他們」與「我們」之間，對詩語言看法的不同，並非在「美學觀念」上所不同，而是在認識語言的本質論上，有是非之不同。這一點要是搞不通，爭論就永無休止，恐怕「他們」和「我們」之間的距離，會越扯越遠了。

無論如何，我相信每一位詩人對詩語言於美學標準的要求上，都在盡心盡力的追求之中，不管是「他們」還是「我們」，一旦放棄了這個目標，就是墮落！問題是，要談到詩語言的美學觀念之前，首先要能通過「你認識真正的詩語言嗎？」這一關，要是認識不清或指鹿為馬，就會導致追求的偏差和失敗，這是筆者在文中一再強調的意思。就好像追捕一隻「老虎」和追捕一隻「貓」，雖然都是追捕「四腳動物」，如果把「老虎」當作了「貓」，其追捕的過程與結果可想而知，同樣的，如果以捕捉「老虎」的方法去捕捉「貓」，或把貓視為凶狠的老虎，其追捕的過程必然也浪費得令人可笑了！

因此，可以說「他們」與「我們」之間的分別，應在於「誰在捕捉真正的語言」，通過了這一關，誰才能有資格去發展正確的詩的美學觀念，這個道理是絕對的，沒有僥倖。

根據「笠詩社」詩人歷年來所呈現的作品及論評文字加以觀察，他們在「捕捉真正的語言」此一問題上，確實有著顯明的脈胳可尋，這絕非個人的溢美之辭，問題在於，在捕捉了真正的語言之後，對於詩在美學上的經營是否成功，這才是衡量「他們」或「我們」的第二個關鍵。

在此，洛夫所謂的「意象語言」，在美學領域裡比較容易討好，這或許是個事實，但這是由於文字的特性使然，特別是中國文字具有指事、象形、形聲、會意、轉注、假借等「六書」的功能，而這些功能可以供應美學機能的要素，既然詩語言須依附於文字的表達行為始成為「可看的詩」，即使向文學借了這麼一點「便宜」，本來也是無可厚非的，可是，過份寵縱「文字」的功能，卻不自覺間養成了惰性，不但放棄了語言本身的思考性，漸漸造成「文字即語言」的觀念，終而形成思考不清、意義不確的作品出現，只講求文辭的華麗和「做」出來的意境，卻對於整體的詩想和詩義無法照顧，這就是典型的台灣現代詩「晦澀詩」形成的風氣，因為思考不清順，意義不集中，就全賴文字的魔術保護，如果只要求欣賞「美」，這些以意象文字架成的「晦澀詩」也許頗有可驚人意外的成績，但對於「這首詩要表達什麼」這樣深刻的追究，往往就會交了白卷。

洛夫在〈詩壇春秋三十年〉這篇文章中，曾以柳宗元的〈江雪〉這首詩，來證明「不一定要受邏輯和文法的控制」，這種心態，一直是晦澀詩人的最佳護身符，他說：「如將其中『孤舟蓑笠翁，獨釣寒江雪』，改為『孤丹蓑笠翁，獨釣寒江魚』這種直接的散文句構，不僅失去了原有的詩趣，也無法表達自然中『靜』的極致的境界。」

固然，詩不能是散文句構，但也不是破壞了散文式的句構就能成為詩的。柳宗元的這首詩，把「魚」調整為「雪」，擴大了原有的意趣，這是用文造句的奧妙，與賈島「僧敲月下門」的推敲，異曲同工，在欣賞上有其價值，不過，對現代人而言，只能說「寫得很好」，未必是一首傑出的「好詩」，因為並沒有太大的力量足以讓人產生共鳴，也許這首詩能讓研究文字修辭的人愛不釋手，但就現代詩的表現要素而言，卻可能是一首「語意不完整」的詩。

依照現代詩語言的精確要求來看，「魚」和「雪」根本是不同的物象，其所能喚起的經驗與image也不相同，就其敘述事件的結果來說，「獨釣寒江雪」是一定有「雪」卻不一定有「魚」可釣，蓑笠翁只是享其閒趣罷了，其志不在釣魚；而「獨釣寒江魚」則是在享釣魚之趣，或者身受生活所迫，不得不釣魚維生，而其背景既然沒有「雪」，當然也可能是在大熱天下釣魚的，此二者都有截然不同的結果和意象發生。一如賈島的「僧敲月下門」和「僧推月下門」，「敲」則被動，有客人身份，「推」則主動，有主人身份，在意義上，所指示的完全不同，在行動上，「敲」者不一定可入，「推」者多半一推入門，與柳宗元的有沒有「魚」和有沒有「雪」一樣，「能與不能」、「有與沒有」，在思想上與詩的表達目的上，根本對立。所以，修飾文字，必須以準確的語言與思考為主，而不是以字句的魔術為滿足的，不能倒因為果。

所以，把語言當成思考，就不會發生上述的混亂，如果把語言當成文字，就會受到文字的牽制，使語言失去準確，使思想失去方向。這點，洛夫要是還沒有認識清楚，而認為只是「觀念上的不同」，那麼，「他們」與「我們」之間，就不是「同與不同」的問題，而是走「是與非」、「好與壞」的問題，因此，為了分別是非好壞，只有經過比較分析，才能見出事實。洛夫批評筆者的文章說：「在舉例上作者即採『笠』同仁作品與其他詩人作品對比的方式，而所選其他詩人的作品又都是二、三十年前的實驗品，以證明己是人非，這豈不是為辯護而辯護，有意忽視近十年來台灣現代詩風格的變化。」

這一點，很讓筆者感到奇怪，而覺得洛夫實在是「睜著眼睛說瞎話」了。筆者所寫〈從抒情趣味到反藝術思想〉一文，乃是對台灣三十年來現代詩方法論的追求提出一些整理性的文字，行文之間既未攻擊誰，也沒有為誰辯護，而是依照台灣現代詩歷史演變的進度依序整理，依序插配作品以明瞭當時的詩風，在談到二、三十年前的詩壇狀況時，自然就以二、三十年前的作品舉例做為觀摩，這是正常的事，是否洛夫自覺二、三十年前的作品早已「不堪入目」，應該把洛夫近年的作品偽裝成二、三十年前的作品列入其間以求「矇混過關」？我想以洛夫的身份與智力，應當不至於有此一想吧，那麼不是「睜著眼睛說瞎話」又是什麼呢？如果洛夫把二、三十年前的舊作視為「實驗品」不想再提，卻又任這些「實驗品」到處充塞在各種各類的「詩選」裡，豈不奇怪？洛夫怎能不聞不問而任其「永遠的實驗」下去呢？

在〈都是語言惹的禍〉一文中，筆者為了語言問題而必須舉證，而以蕭蕭個人的作品與「笠詩社」幾位同仁的作品加以比較，雖然所提蕭蕭的作品都是十年前的作品，但實際上蕭蕭近期的作品比諸早期的作品仍然沒有重大的改變，反而早期的實驗作品比現在更具有挑戰性，所以為了配合起見，筆者所列笠同仁的作品，也都是十年前的舊作，錦連的〈地獄圖〉甚至是二十年前的作品，並且為了更公平起見，我將笠同仁約三代詩人中各取其一，老一代有錦連作品，中年一代有非馬作品，年輕一代有陳明台作品，因為蕭蕭曾說笠詩社「其缺點則在語言的訴求上未至圓熟，三代詩人均普遍存有這個缺憾」，因此，也為了求證的客觀，故特別舉出三位，以向蕭蕭求教，公理往往需要經過辯護，為了辯護而辯護，誰曰不宜？洛夫自己「為辯護而辯護」的事跡，難道已經忘了嗎？何況通觀〈詩壇春秋三十年〉全文，洛夫辯護的語氣躍然紙上，而且大聲討伐的對象，還不僅筆者一人！筆者也明知詩壇論爭，多屬白費力氣之舉，但為詩壇長久計，緘默並不一定是好的，站在前輩的立場，洛夫理應鼓勵筆者，豈可只許州官放火，不許百姓點無燈？所以我說洛夫是睜著眼睛說瞎話，雖然言重，倒不失其實，因此，只好大膽講了！

例如，洛夫又說一句話，他說：「笠同仁中幾位傑出的詩人，十年前都曾寫過深刻動人，但在語言上因受現代主義的影響，或多或少被視為晦澀的詩，於今他們的語言觀念雖已改變，但仍能維持相當程度的張力和純淨，至於更年輕的一代，由於一開始便接受了直接語言的觀念，故他們從未想到詩的語言尚須提煉，使粗糙的化為精練，使散漫的化為緊密的問題。」

笠同仁中年輕的一代屈指可數，但洛夫似也不甚瞭解，這些年輕的一代都是在民國五十多年就已先後出發的，在他們初寫詩的時候，洛夫所謂的「意象語言」這類東西正彌漫詩壇，所以他們一開始並不見得都是接受了「直接語言」的觀念，而是多半傾倒於「意象語言」的迷霧中，當時報章雜誌所見到的詩，大都是洛夫筆下所謂「我們」的這一群人的作品，在耳濡目染之下，不免也有過一陣「歐風美雨」的日子（借用向陽的話），但是，幸好他們的「慧根」比較清淨，他們很快的察覺到詩的語言尚須提煉，但不是提煉為「神話」，他們不以為精練的語言就是「不合邏輯」的，而糙糙的東西不見得就是不「美」的，他們也瞭解「緊密」的意思不是要把門關起來閉門造「字」。當時的詩壇讓他們覺得失望，於是他們後來融合了起來，成為「笠」的重要一環，在語言的追求上，更為執著而求是地跨出了正確的方向，筆者於民國五十五年起開始習詩發表作品，與他們感身同受，瞭解當時的狀況，一如最近向陽所說，在遇到「笠」以前，他那些歐風美雨的習作只能算是「無自覺的創作」罷了，遇到「笠」以後，才成為「有自覺的創作」。所以，這些年輕的一代，是因為看穿了洛夫等人的那一套寫作模式，覺得不堪忍受，而重新去追求一個詩的真正的面貌，卻不是一成不變地盲目接受「笠詩社」或直接語言的觀念，他們都經過正確的認識與抉擇，而他們所拋棄的，洛夫至今卻還捨不得丟掉！

筆者實在不瞭解，洛夫無法捕捉「害怕變成無用漂流物的他／在街角／突然被堅硬的路／活生生地切成兩截」這段詩的雨中意象，卻能寫出「閒著便想自刎是不是綳斷腰帶之類那麼尷尬？我們確夠疲憊，不足以把一口痰吐成一堆火／且非童男」這樣的詩，寧非怪事？我想，胡適看到前面這段詩如果會搖頭的話，看到後面洛夫的這段詩，恐怕連頭都摸不著了呢？

文學論爭，通常難有立即之效果，但影響之功卻不能說沒有，「五四」白話文學之論爭，當時雖各說各話，但今天已勝負可見，因此之故，明知這雖然不是討好的工作，但事關詩壇清白，只要有理、正確，還是值得提出討論的，雖然「濁者自濁，清者自清」，但如果老拿出一桶濁水放在你面前，久而久之，就沒有人會知道「清水」之清了，這個問題，是值得詩壇朋友共同正視的。

一九八二年八月十五日　笠詩刊一一〇期

笠詩人，您在哪裡？

走進偌大的書城，你不禁會讚嘆文化事業的蓬勃發達，書店裡廣達千百坪的高大空間，不但有明亮的光線，還有冷熱適度的空調，讓你舒舒服服的看書，腳上踩著的是柔軟的地毯，站累了旁邊可有長沙發讓你坐著看書，不遠處的角落還會傳來陣陣撲鼻的咖啡香，現代化而優雅的環境，幾可媲美五星級大飯店，在裡面翻書簡直是超級享受。

站在分類的書架前，找到一兩排擺放現代詩集的地方，我卻突然感到悲哀襲來，彷彿身處荒漠之間。書城內可謂汗牛充棟，但能看到的詩書，包括詩集、詩選、評論等，卻不過就是那幾家出版社，以及那幾個可謂「流行詩人」的作品，好像台灣的詩人就只有那幾個，至於笠詩人的作品，在那裡幾乎看不到，好像他們就憑空消失了。

笠詩社做為台灣四大詩社之一，歷史綿延四十餘年，前後同仁百餘位，平常也都保持在六、七十位之多，在詩壇廣享名氣者不乏有人，擔任教授者有之、擔任各種詩獎評審者有之，同仁著作包括詩集、詩選、譯集、評論，加總應該也有千冊以上，卻在書店裡佔不到一個地位，是詩人的責任？讀者的責任？詩社的責任？出版社的責任？書店的責任？還是詩壇的責任？社會的責任？

在書店裡憑空消失的詩人當然不只笠詩社同仁，但少了笠詩人至少證明這樣的詩壇或詩史是貧瘠的、不完整的，甚至是扭曲、謬誤、被操控的。我們該不該把責任找出來清算一下？

二〇〇八年八月十五日　笠詩刊二六六期

詩壇郭冠英

今年五月，「遇見台灣詩人一百」影音展演開動，時間至八月底，地點自台北當代藝術館、台北捷運地下街，擴至台南國立台灣文學館，堪稱史上最具規模之詩的饗宴。

展演內容相當豐富多元，捷運地下街變成了「詩街」，地上、牆上到處都是詩句和詩人的海報，還有許多使用現代資訊科技的互動裝置，例如觀眾從噴泉霧氣中雙手撈起發光的詩人的名字，詩人的作品和訪談紀錄就會投射在螢幕牆上。

很多觀眾形容這好比李白「水中撈月」，大人小孩都感興趣。我兩度從旁觀察，大部分觀眾最想撈余光中，好像除了余光中，他們就不知道還有什麼詩人。是余光中的詩別人沒得比，還是台灣的詩教育或詩媒介從來都是聚焦失偏？我也不知道一向給人有濃厚中國詩情之感的余先生，比較喜歡被稱為「台灣詩人」還是「中國詩人」，但據主辦人員私下透露，有一位在兩岸甚具知名的女詩人，拒絕了主辦單位的邀訪，原因是她自我定位為「中國詩人」。不知這樣的她，能否算是「詩壇的郭冠英」？

能夠明白定位自己為「中國詩人」，倒也頗具傲骨，但在台灣還有些既代表「中國」又代表「台灣」、毫無自我歸屬的詩人，哪邊要他，他就能代表哪邊；或有人身在台灣，卻鄙視本土，這些都更令人看不起！

二〇〇九年八月十五日　笠詩刊二七二期

我爲什麼要編第三本年度詩選

當我編選《當代台灣詩人選・一九八三卷》這本書的時候，不斷地接到來自詩壇各方面不同而強烈的反應。有些人對我勉勵有加，深寄期許；有些人則勸我湊年度詩選的熱鬧，因此對本書的出版，抱著不以為然的態度；另有一些人，由於本書未選入他的作品而深表不滿，也許一時情急，竟然粗言辱罵，有的甚至妄言恐嚇。

這些人當中，有的是我的朋友，有的不是我的朋友；有的是我已認識的人，有的是我素未謀面的人；當然，我的朋友未必是對我說好聽的話，而那些素未謀面的人，也曾表示對我的支持。

對於這些反應，於我而言無論是好聽的或不好聽的，坦白說，我都不能視若無睹地毫無情緒上的感應。不過，由於這些人的反應，更使我對這本書的編選原則和態度，有了更為深思熟慮的機會，這倒是一個相當大的助力。

其實在所有的反應當中，最令我感到興趣的是「為什麼要編第三本年度詩選」

的這個問題。

這是一個問得最正常的問題，本來按照一般的慣例，我可以在本書的「序」文裡做一個原則上的交代，好讓大家明白我編這本年度詩選的原始動機和真正的理由。然而，後來我還是排除了這個計畫，主要的目的，是不想破壞這本書的純粹站於史性上的嚴肅立場。

站在歷史的立場，本書是對歷史作交代的，而不是對現今的詩人做交代的。既然是對歷史作交代，其主要的責任是把一九八三年詩人作品的全貌做盡可能的抽樣展現，這個責任本身即是一種動機，一種理由，一種功能。歷史所追究的是編者、作者和作品的責任與能力，或許還會追究「為什麼要編選年度詩選」這個問題，但至於像「為什麼要編第三本年度詩選」這類的問題，那就是次要以下的次要問題了。

因此，我決定在本書的序文裡剔除這些可能會變得情緒化、雜文化，甚或變成辯論化的東西，有人甚至期望能在本書裡對其他兩本年度詩選做比較性或綜合性的評論，然而，這個工作終究不是本書的責任，我相當希望這是一本純粹的，不含其他意識的「年度詩選」。

不過，站在編者的立場，我卻又不能拒絕對現今的詩人或詩壇說明「為什麼要編第三本年度詩選」的理由，這是基於現實行為上的慣常要求，如果我不說明，又顯得我這個人太過嚴肅了，何況透過這種說明，或許能為我們的詩壇多添加一點反省的力量。

以「年度」為分類而出版各種年度選集，並非是國內首創，近代以來，凡學術先進國家，早已走向「年鑑史學」的潮流，以一年為一代的史學研究趨向，已成為年鑑史學熱潮中的主要特色，這一點，服務於中央研究院歷史語言研究所的陳鴻森兄，便時常與我提及，時間比爾雅出版社準備編選第一本年度詩選時還早了一些；在此之後，我也從翻譯作家葛東萊先生的手上看過一些日本的年度叢書，例如每年的「日本經濟白皮書解說」，就是一本典型的「年鑑史學」下的年度書籍。

從這時開始，我與鴻森兄屢次談及編選年度詩選的構想，但因彼時「詩人坊」正處於創刊時間，我沒有多餘的時間、能力和財力來做這些事情，而不久就傳來兩本年度詩選的出版訊息，我們當然樂觀其成，把自己的構想束之高閣了。

其後，「詩人坊」獲得金文圖書公司林德川先生充分的財力支持，由四十八頁擴充到一百六十頁的篇幅，加以各界詩人的稿件支援，使這本詩刊逐漸受到肯定，為了發揮它更大的效果，我決定在第八期的兒童詩專號之後，以編選選集為主，希望在兩年內先後出版一系列分類性或專題性的現代詩讀物，一方面冀求以更自由的方式與讀者接觸，使詩人的心血完全能夠獲得讀者的瞭解，另一方面則希望透過有系統的編輯計劃，為當代台灣詩壇留下歷史的轍痕。

此時，首先考慮到的就是年度詩選，加以今年度的兩本詩選充滿了極端對峙的態度，爾雅版被稱為「極右」，前衛版被稱為「極左」，我以為這都是編選態度的意識形態高於詩學品味所造成的結果。對讀者來講，這種兩極化的差異對他們愈易造成認識上的混亂，事實上綜觀一九八三年的整個詩壇全貌，並非全都極右，也並非全都極左；而對歷史來講，任何一位編選者都不能故意漠視與自己的文學態度相違的其他作品，畢竟年度詩選的特性與一般專題性的詩選不同，它是為了展示該一年度的作品成績而發的，除了對作品表現上的好壞容許有個別的挑選標準而自行負責之外，對每位詩人的文學態度則應給予客觀的尊重。

在詩學領域裡，我相信詩是「唯藝術」的，但在詩人個別的文學態度上，應該也有他藝術以外的人生主張。事實上這二者雖然都對詩人的創作行為產生重大的影響，但二者並不衝突，而且我們也已經看過有些人能夠運用詩表現的藝術手段，將他的人生主張或文學態度加以融合，而寫出優秀的詩章，可見強把二者劃分的行為，在立論上並沒有絕對的理由可以充分支持。

第一個年度的兩本年度詩選，在本質上雖然也可以看出這種劃分的痕跡，然而平心而論，彼此所收集的作品水平都相當整齊，在詩的藝術性要求上，具有一致的認識。但今年的二本年度詩選，由於意識形態突然猛趨強烈，以致造成「極左」「極右」的對峙姿態，產生了以文學態度做為二本書對立的特性，這就有些脫離了年度詩選的意義了。

我以為一本年度詩選應該能夠代表當年整個詩壇的表現全貌，而且所選的作品除了必先確立它在詩藝上的自主性和優秀性外，還必須能代表作者於該年度的作品風格，這才合乎年度詩選的編輯意義，這也是我編第三本年度詩選的一部份態度與理由，在這方面，無疑可視為是對其他二本年度詩選的糾正意識。

然而，在編選的過程中，我儘量保持著「這是一本年度詩選」的心情，而不是「這是第三本年度詩選」的心情，以前者的心情而言，正是對歷史做交代的，以後者而言，卻是對現今的詩人或詩壇做交代的。因此我在序文裡剔除了有關其他二本年度詩選的文字，以保持本書的獨立性或完整性，許多詢問「為什麼要編第三本年度詩選」的問題，其實就是在序文裡看不到我的說明，而對自己的猜測感到好奇罷了。

當然，我也瞭解到以這樣的態度來編這本年度詩選，可能會發生入選作品與前二本有所重複，站在現在的立場來看，或許應盡量避免，才讓人有更大的新鮮感，不過，我認為那只是「做生意的招術」而已，為了使本書的價值合於目的性，我實在無法也無理由故意將好詩拒於本書之外，而且重複被選用的詩，一方面表示作品本身確實是一首優異的詩，另一方面也可能意味著作者本身所寫的好詩並不多，這兩種訊號對當前的詩人或詩壇都不能說是沒有意義的。同時，固然是同一首詩，但由於欣賞角度的不同，意義層次與欣賞的準確度也會有所不同，所以本書特別加強了「賞析」部份的工作，因此解除了重複選詩的顧慮。

本書的編選、出版，前後大約只有短短兩個月的時間，或許是因為感到意外，各方面的反應不一而足，但絕大部份是善意的關懷與期許，而對於懷著猜忌的心情而來詢問的，我願意補上這篇稿子以給他們一個較為清晰的回答，雖然我很想反問「不能編第三本年度詩選」的理由，但終究那是不禮貌的行為，雖則有些人是存著「多一本不如少一本」的心理，那倒是可以諒解的，不過我願補充一點的是，像前述的「日本經濟白皮書解說」這類的書，在日本是不止三本以上的，每一個作者都有權對日本經濟白皮書做個人性的解說，出版社也有權站在自己的理念上去各自出版這種年度叢書。

我唯一感到遺憾的是，有許多詩人的作品沒有被收進去，其中包括同為「笠」同仁的詩人朋友，但「詩人坊」未來有一系列的詩選出版計劃，比較具有特殊表現和價值的詩人，他們將在其他的選集中以個別的條件出現，我深信只要在台灣的現代詩壇努力不懈的詩人，基本上不會遭到漠視，這是歷史公正的法則，沒有任何一個人有能力去向它挑戰的，包括我自己在內。

一九八四年八月十五日　笠詩刊一二二期

《台灣詩人選集三十冊》出版緣起及報告

二十多年來，「笠」默默耕耘，毫不間斷，不僅其驚人的耐力早為詩壇所公認，其堅持本土立場的文學性格亦早為詩壇所肯定。

二十多年是一條相當漫長的道路，在這條道路上，「笠」的詩人們究竟留下了一條什麼樣的足跡，是頗值得研究的。出版《台灣詩人選集》這套叢書的目的，就是想把這條足跡加以明顯化。

其實，類似這項出版的計劃，早期即有多次於笠詩社的會議中被提起，只因策劃及執行上缺乏積極的推動力量，以致一直懸而未決；而事實上，要完成這一套書，由於牽涉的條件太廣，作業麻煩，如果要做得很理想，是不太容易的，這也是一直懸而未決的主因之一。

今年七月底，我與李敏勇、陳明台二兄偶然間再度談及這套書的構想，都一致希望能夠儘速完成。後來，李魁賢兄從美國參加兩項文學性會議，八月初返國後，有感於海外的需要，也鼓勵我立即著手進行。

要出版這套書，最基本要解決的是財力和人力的問題。在財力上，「笠」沒有出版財團可以支持，因此只能計劃由同仁自費出版，每人出版一本自己的詩集；同仁間雖大部份都有既定的經濟基礎，但未必人人都有餘裕出版詩集，因此必須簡化作業，不求大手筆，使一切開銷維持較低的數目，故而設計了每本詩集都是三十二開本，九十六頁，並限定每人只出版三百本的統一規格，以每人出資一萬元的經費投入，希望以較省的費用吸引更多的同仁有能力參與此項出版計劃。至於人力方面，則可以由參與的同仁自行選稿付梓，這等於動員全體參與的同仁分擔編選工作，免去了另設編委的人力和時間的消耗，而且由各人自行選收作品，其作品應更具代表性。至於此後的一切編排、校對、送印等中下游工作，則由我來承擔進行。

由於每位同仁的作品量多寡不均，因此並不限定這套書所收作品的年代範圍，亦不規定不可與其他已出的詩集重複，而以具詩人一己的代表性作品為主，所以同仁可從他既有的詩作中，就自己的考量選送作品參與，這是關於本套書所收的內容大致如此。當然，序文、後記、論文等類的其他附錄文字，也由作者擇要提供，以增加讀者對作者的概略性瞭解。

原則性一經決定，立即向全體笠同仁發出通知，此後除在八月底假台北召開的本年度笠年會上討論過部份細節外，其間我又陸續斟酌需要，發出了三次通訊函，使參與的同仁對作業情形保持接觸，並注意應配合的事項等，以提高大家的興趣和信心。

約一個多月時間，已決定參加的共李魁賢、趙天儀、郭成義、杜榮琛、錦連、林宗源、陳千武、陳秀喜、林豐明、鄭炯明、李篤恭、柯旗化、靜修、沙白、莫渝、蔡榮勇、利玉芳、張彥勳、莊金國、詹冰、陳明台、杜國清、非馬、許達然、林亨泰、巫永福、曾貴海、楊傑美、李敏勇、杜芳格等三十位，人數遠超過原先所預估的。先後從各地寄來的稿件，一度使我手忙腳亂。所以一接到稿件，立即統計頁數、編號，並即進入編排、打字的作業，大致還算順利，當然，其中必然會有做得未盡完善之處，也祈求大家的原諒。

前面說過，由於缺乏財團的支持，必須由笠同仁自費出版，加上規格上的限制，以致部份同仁基於各種考慮，放棄此項機會；同時也因此一籌款方法的特性，使我們不敢向非笠同仁的其他台灣詩人徵稿，這是美中不足的，但對於這些詩人，如果有可能，我們極希望能再策劃繼續出版第二批書，使這套書達到更完美的陣容。

而且，由於詩集的出版數量、頁數、編排等都採固定規格，使許多同仁感到某些不便，但為顧及團體立場，他們都能充分地諒解，這種難能可貴的精神，是我要向他們道謝和道歉的。

如果這套書的出版，能有助於讀者瞭解笠詩社或大部份台灣詩人的歷史痕跡和各種不同的精神領域，同時也有助於這些詩人透過此次的展示，而邁向更新、更好、更踏實的創作領域，那麼，這就是我們所可期望的最大的意義了！

一九八五年十月十五日　笠詩刊一二九期

開發兒童的心靈天空

我國兒童詩發展到近期，似乎已走到了瓶頸階段。許多人對兒童詩一成不變的發展感到不耐，甚至對兒童詩的嬌揉造作和公式化而焦躁不已；從越來越多的批評聲浪中，可以讓我們意識到，兒童詩已到了應變應革的時代。

兒童詩最遭人詬病的問題，乃是在於作者生活體驗和情感經驗的虛弱與虛偽，以致造成形式與技巧的浮濫，卻任令詩質的根底蹈空。大多數的批評者認為，過量且廣泛的使用比喻的方法，是使兒童詩傾向俗腐化的原因，而這個原因正是作者缺乏生活與情感的投入，必須運用比喻的變數來強固詩的外在魅力；換句話說，是靠著基本的寫作技巧而強迫取分的一種文字遊戲而已。

任何文藝工作都無法脫離技巧的操作，固屬無疑；而比喻法之於詩，確實也佔著極大的優位，這也是無可奈何的事實；然而一旦全面地醉心於玩弄這樣的遊戲，而無視於詩的內面現實，將使作品淪為空有的架構。我們固然樂於見到建築美奐美命的樓閣，但我們同時希望看到樓閣裡面有人、有生活、有呼吸、有愛恨，這是批評者最常表現的態度，以及他們的要求。

基本上，環顧當前兒童詩的表現，我認為批評者所持的要求乃是一種進步的態度，不過，問題當然沒有那麼單純。從大的方面來講，整個國內社會結構的「文化層」本身即已顯得千瘡百孔，而不獨是兒童詩一者的問題；從小的方面來說，國內兒童寫詩，基本上是一種無意識、無自覺的行為，通常更是站在被動的地位寫作，對他們而言，寫詩或許只是功課的一環，因此大都以接受指導和模仿而完成作品為滿足，缺乏自動機能和情感要素。

事實上，誰也無法否認，兒童詩在國內之所以能蔚為蓬勃，主要是兒童在被「要求」之下而去讀、去寫，才產生有今天的局面。因之我們可以瞭解，國內兒童詩最主要的功能，是在於學童教育——一種「欣賞」的教育（美育），一種「語文」的教育（智育）。

批評者通常不能注意到這一點，他們期望的是一種完整的「詩的教育」，或者可以說是「詩人的教育」或「兒童詩人的教育」；這其間觀念及方法的差異，實有待雙方的調整。

令我感到擔憂的是，現行的國小教育方針，使學童們仍甘願處於文字啟蒙的階段，而不重視思想與情感的啟發與表達，這使得大部分的學童無法完整且勇於表達自己；如果細心檢查他們的作文簿，我們也會慨然發現，即使一個在現實生中非常誠實的小孩，在他的作品中卻常常是一個非常不誠實的小孩。那麼，我們還能渴望他們寫出真實的詩嗎？我想，絕大部分的指導者都面臨了這樣的困難吧。

童騃的本質應在於純真，兒童詩珍貴的本質當然更在於表現兒童生活、情感與思想的「真」，因此如何指導兒童發掘生活體驗和情感經驗並勇於表達，這是指導者不能退守，應求突破的一點。只有我們能突破這個「結」，我們的兒童詩才可能有更高更遠的展望，畢竟，死抱著「語文教育」的擋箭牌，只有使兒童詩永遠停滯在現階段的窘境裡，無法使兒童充分開發他們廣大的心靈天空，這豈是教育之福？

一九八六年八月　海洋兒童文學十一期

第五輯

文學映像

詩與小說裡的性愛情慾

《查泰萊夫人的情人》一書於一九二八年出版後，在各國造成暢銷和盜印的風氣，作者D・H・勞倫斯其實毀譽參半，曾為這本著作深深困擾過，有些被他譏斥為「衛道的老頑固們」不斷地向社會和當局提出抗議，認為《查泰萊夫人的情人》是猥褻和淫穢的玩意，應予禁止上市。英國的發行家曾勸請勞倫斯重寫刪改本，把猥褻和淫穢的文字刪掉，而願付予豐富的報酬，勞倫斯起初有些心動，並且嘗試去刪改，結果卻發現「那是不可能的，那等於是用剪刀裁剪我的鼻子，而書卻流血了。」

勞倫斯認為，「縱令我們不能隨心所欲地做性的行動，但至少要讓我們有完備無瑕的性思想」，而堅決表達這是一本純正健康且為我們所需要的書。

勞倫斯將思想與行動、字眼與事實，從文學意識上予以隔開，他認為對性的了解比對例行的生理行動更為重要，由於性的精神本質已逐漸墮落為麻木的肉體意識，勞倫斯才會透過這本書要喚醒性的精神本質復活。

「啊！觸摸您是多麼美妙的事！」他一邊說，一邊愛撫著她的臀部和腰部的細嫩，以及溫暖而隱密的皮膚。他俯著頭，用他的臉頰頻頻摩擦著她的小腹和大腿。他迷醉的狀態，使她再次覺得驚訝起來，他在觸摸她生動而赤裸肉體時所感知的美，那種沉醉的欣賞是她不了解的。這必須要熱情，當熱情沒有了，或死了的時候，就不可能引起這種驚心動魄的美，甚至會被視為輕賤；溫暖的生動的接觸之美，比諸眼見的美要深厚得多了……

因性愛而引出生命真誠的美和了解，往往會使勞倫斯這類的作者產生超乎肉體快感的歌頌，勞倫斯時常會肆無忌憚地寫出比以上的文字更加露骨的描述。想想看，當「熱情沒有了」，或「死了的時候」，就不可能引起「性」這種驚心動魄的美，所以，當我們還有熱情、還活著的時候，性自然就是一種不可推拒的「驚心動魄的美」！

類似勞倫斯的這種性描述，在日趨開放的現代文學裡，會在適當的題材裡普遍地被使用，但真正露骨的文字，由於寫作技術的推進，和語言操作方法的迴避，而改造得純淨一些了，特別是東方的現代文學，有其較為細緻含蓄的表現手法，例如對於女體的優美描述，川端康成在《睡美人》一書裡，就充分展現了日本人傳統的「性情感」，而獲得欣賞。

女孩把被子拉到下面去了，顯得寬敞舒坦，露出大半個高低不平的胸膛，這白嫩的肌膚彷彿被深紅的天鵝絨顏色映射著。老人凝視著美麗的胸膛，並用一根手指摸著女孩那像富士山形狀的額頭……江口老人又用由唇膏染紅的指尖，去撫摸女孩那厚厚的耳垂，然後接著又撫摸女孩肥胖而非常白嫩的頸項，加上似有若無的紅線，實在可愛極了。（引邱素臻譯本）

川端康成在他眾多的小說作品裡，經常細膩有味而又帶著陰柔傷感的描述女體，雖有人批評是幾近變態，或是「只懂得意淫」的寫法，但卻是他慣用的筆觸，據說這也是他本人的戀愛方法，吉行淳之介說：「對象是他把自己愛成更能猛烈燃燒的導火物，以這樣而燃燒起來的感情，對女人的『性』之為物，毋寧說是其中的夾雜而已。」

雖然內心充滿愛的火焰，但一碰到「性」的敏感層面，川端往往就化為冷靜而哀愁的美，他特別喜歡把肌膚之觸藉由抽象的想像而連結到實體的感情，例如上述《睡美人》中對江口老人「手指」觸覺的描述，他在《雪國》一書裡，也曾對被一個藝妓握過的手指如此寫道：

已經是三個鐘頭以前的事了。島村感到百無聊賴，發呆地凝望著不停活動的左手的食指。因為只有這個手指，才能使他清楚地感到就要去會見的那個女人。奇怪的是，越是急於想把她清楚地回憶起來，印象就越模糊。在這撲朔迷離的記憶中，也只有這手指所留下的幾許感觸，把他帶到遠方的女人身邊。他想著想著，不由得把手指送到鼻子邊聞了又聞。當他無意識地用這根手指在窗玻璃上劃道時，不知怎的，上面竟清晰地映出一個女人的眼睛。他大吃一驚，幾乎喊出聲來。

這一種極盡「物理性」的描寫，運用在孤獨而哀愁的川端康成的小說裡，簡直是絕配，也是川端成為日本「新感覺派文學」主將之一所展現出來的特色。相對於這一點，與說著「世界是玫瑰」的三島由紀夫陽剛的女體觀，有明顯的不同，三島由紀夫的小說裡充滿敢愛敢恨的性愛意識，即使是對男性裸露的肉體，也刻劃出一種自慕的力與美，著名的《憂國》一書，即有以下的描述：

中尉的嘴唇很忠實地描繪了他所看過的地方，那高高地呼吸著的乳房，就像山櫻蓓蕾般的乳頭，被含在中尉的嘴裡硬了起來。從胸部的兩腋流瀉下來的兩隻美麗的胳膊到手腕之間，由渾圓而逐漸變得細小……。剛刮過之後照射燈光發青的臉頰，麗子逐一吻了它們，再向粗大的頸項，向強壯的肩膀，向好似兩張盾牌拼合著那樣充滿張力的胸部和樺木色的的乳頭吻了又吻。由胸脯的筋肉照出來的影子，映在兩隻胳膊的肢窩，甜美暗鬱的香氣漂流在繁茂的毛邊……。（引邱素臻譯本）

因憂國而必須自殺的這對夫妻，在死亡之前，充滿美的赴死的意志，而舉行了最後一夜，莊嚴之中卻顯現出性與生命交織的渾實的光輝，無疑表達了世界上最為高貴的性愛之情操，這是只有透過文學方法的處理始能達到的境界，勞倫斯的固執與觀念，從這裡也可以獲致一定程度的認同。

有趣的是，三島在《愛的飢渴》一書裡，也和川端康成一樣寫過「手指」：「悅子的全身，直到現在還被彌吉那頑強乾燥的手指所包圍，一兩個小時的睡眠也沒辦法拭去。」不管是川端還是三島，在他們筆下的「手指」，是全然可以代表了肉體和精神，因肉體的慾望所帶來的精神的昂奮，或是因精神的昂奮所帶來的肉體的慾望，都是互相交纏的性的本能。

現代文學在這種因素之下，由於作者處理方法與目的、體裁的不同而顯現出性意識所夾雜的不同層面和意義，更加豐富了現代文學的面貌。而處於台灣的文學界，無論是詩或小說，也都普遍有所嘗試。

我不是純潔的人
這個世界只有妳知道
所以　妳也不是純潔的人

不純潔的情感才是
深不可測的愛
才能透過我們裸露的心胸
到達上帝那邊

讓我們激烈地活著吧
只有妳活著
俯在妳的胸膛才能聽見
孩子在肚子裡呼喚我的聲音
啊　現在她急促地叫喚我
拾虹
拾虹

這是已故詩人拾虹的作品，題目即為〈拾虹〉。性愛在現實生活的道德標準上，通常是屬於「不純潔」的，但詩人以熱情而率直的筆觸，呼出了「我不是純潔的人」，反顯出其純潔的一面，其中的辯證意味相當濃厚，就好像法律上自首可以減輕其刑，自己認罪才有機會獲得救贖。拾虹透過性愛激情的探觸，而挖出了「不純潔的情感才是深不可測的愛，才能透過我們裸露的心胸到達上帝那邊」，實在是成熟透底的體驗。既然能夠「到達上帝那邊」，那「不純潔」也變得是「純潔」了。

男歡女愛是兩相情願，當下也是只有兩個人知道的事；這首詩完全是在描寫男女偷歡的場面，「不純潔」是因為性行為的發生，「深不可測」和「裸露的心胸」都是在提示這首詩的線索，幫助讀者了解內容物為何，「讓我們激烈的活著」和孩子在肚子裡「急促地叫喚我」，是性行為正在進行的描寫，因為「性」也是一種生殖的行為，所以拾虹假借這種關係來鋪陳男女偷歡的情事，把「性」的層次提高，同時也描述了性行為進行到最後的喘急和親暱的叫聲，巧妙地迴避了違反社會道德戒律的文字。

波特萊爾所謂「愛情唯一且最崇高的樂趣是確知其為作惡。從誕生之日起，男女都知道所有肉慾的狂樂都是在惡行中」，此一「惡」字實即性愛現實的善諦，與拾虹的「不純潔」實即純潔的探觸是同一義的。

亞伯特・莫達爾（Albert Mordell）曾說：「今天最純潔的人往往私底下最沉迷於淫猥文學，很多人發現這種文學是滿足他們愛情生活缺憾的唯一方法。」那麼，文學上的不純潔，應該是最為忠實的愛的紀錄。

二十五年前今夜
她的羞澀吞歿了我
次晨
她又洗淨了我貪婪的痕跡
……（中略）
今天銀婚日
由於她巧妙的演技
我抱持著一個發光體
晚上　她的羞澀
仍然很喜歡叫痛

這是台灣前輩詩人桓夫的作品〈銀婚日〉。

對性愛的執著，不僅是像晚他一輩的拾虹那樣的詩人所獨有的情調，即使在上了年紀以後，仍然倔強地佔有著青春的樂趣，在晚年的回味裡，同樣據有莫大的快感，桓夫的〈銀婚日〉雖洗去了拾虹激情的性愛，卻在暗夜的回味中，毫不保留而爽快的流洩了夫妻房事間羞澀的趣味，「晚上，她的羞澀仍然很喜歡叫痛」，生動地喚醒了銀婚日無限風騷的春光，卻也表達了永恆如新的愛，使性愛過程顯現純潔可愛的一面。這是真的純潔，無須辯證的。

由於詩人的描述，使性意識獲得重新整合，而在文學上運用了巧妙的思考和技術，發展出這些誘人的作品，也許是生理衛生學所想像不到的事。佛洛依德的心理分析理論形成以後，性意識所代表的象徵與暗示的魅力，卻在文學探究與創造的基礎上佔據著不可或缺的位置。莫達爾又說：「任何強調生命中愛情所扮角色的文學作品都是性愛的，又若不敘述愛的興趣，文學便簡直無法存在。」

發生於台灣小說界的性意識描寫，大體上是承自〈紅樓夢〉一類的女性文學所遺留下來的溫婉印象，一方面也接受了西方類似勞倫斯或意識流的心理自白法，不過大部分還是存在著東方人纖細的感情筆觸，而以「紅樓夢」式的情調出現。典型的是張愛玲的〈怨女〉：

> 襯衫與束胸的小背心都是一排極小而薄的羅鈿鈕子，排得太密，非常難解開。也只有他，對女人衣服實在內行。但是只顧努力，一面吻著她都有點心

神不屬。她心裡亂得厲害，卻不知道剖開胸膛裡面有什麼，直到他一把握在手裡，撫摸著，揣捏出個式樣來，她才開始感覺到那小鳥柔軟的鳥喙拱著他的手心，它恐懼地縮成一團，圓圓的，有個心在跳，混身酸漲，是中了藥箭，也不知是麻藥。「冤家，」她輕聲說。……

張愛玲〈怨女〉中的這一段，緩緩地寫活了一個小老實的女人，接受挑逗和愛撫的新奇的感受，是「小氣式」的寫法，與白先勇在〈玉卿嫂〉裡所描寫的大異其趣：

玉卿嫂和慶生都臥在床頭上，玉卿嫂只穿了一件小襟，她的髮髻散開了，一大綹烏黑的頭髮跌到胸口上，她仰靠在床頭，緊箍著慶生的頸子，慶生赤了上身，露出青白瘦瘠的背來，他的兩隻手臂好長好細，搭在玉卿嫂的肩上，頭伏在玉卿嫂胸前，整個臉都埋進了她的濃髮裡……忽然間，玉卿嫂好像發了瘋一樣，一口咬在慶生的肩膀上來回的撕扯著，一頭的長髮都跳動起來了。她的手活像兩隻鷹爪摳在慶生青白的背上，深深的掐了進去一樣……。

白先勇熱烈地處理了這個性愛的場合，雖然沒有露骨的字眼，可是卻有著高亢的情緒。這段描述和三島由紀夫在《愛的飢渴》裡所描述的幾乎是一樣的情境：

悅子的手指立刻嚐到像放了幾天的大餅那樣脊背筋肉的感觸味道，那蒸飯的熟的味道……因為後面的群眾還在推擁，所以她的指甲很尖銳的抓上三郎的筋肉，……悅子感覺他的血滴落在她的手指裡頭。……她毫無意識的把這指甲放在口唇上。

性愛意識的描寫，在台灣的小說界幾乎沒有直接露骨地描述的必要，六〇年代初期，郭良蕙《心鎖》一書對於性愛的描寫有大膽露骨的嘗試，曾經引起很大的爭議而遭到查禁，其後年輕的一代，已了解使用暗喻的技巧來表達，而且往往不著痕跡，卻增強了想像的效果，例如施叔青的〈常滿姨的一日〉：

常滿姨坐在阿輝的床沿，兩條髒內褲，散發著一股男人的味道，不知幾時，被常滿姨抱在胸口，久久不放。

常滿姨抱著散發男人味道的內褲不放，和三島由紀夫所寫的「悅子把指甲放在口唇上」一樣，其性的昂奮躍然紙上。這種想像的性意念，完全是作者有意讓它成為一種潛意識的性衝動，令人想起班強生（Ben johnson）的名詩〈僅以妳的眼飲我〉，內容敘述詩人送了一個玫瑰花圈給愛人，愛人在上面留下了她的氣味而後送還給他，此後，詩人即感到生長中的花並不是花本身，而是愛人，此即顯示詩人的潛意識乃在對愛人的身體表示擁有的希望。施叔青筆下的髒內褲，在常滿姨眼中實即代表阿輝本人的身體，換句話說，內褲是阿輝肉體的延伸，而「抱在胸口，久久不放」，無疑就是一種性愛的寄託和滿足吧！

台灣女性作家很多，而擅長於處理情色題材的作家也大都是女性居多，像曹又方和李昂的作品，都不排斥描寫性愛慾望。

露薇從床沿上站起來，走到他坐的椅子跟前，雙手非常自然地搭落在他的兩肩上，他感到一種皮毛動物近身來的一股暖意，只想依偎上去，他站起身來順勢拖了她一把，就把她迎面抱得好緊，像冬天孤獨在冰寒的洞穴裡，突然來了一個同類那樣相依著。至少。他可以肯定露薇也和他一樣地充滿了這種需要緊緊擁抱的慾望。……這晚露薇就睡在他那張嘰嘎作響的木床上，睡在他的身邊。

這是曹又方〈盲亡〉裡面的一段，自然地描述著兩性逐漸親近的心情，一開始就讓人感到一種即將發生的纏綿性事態的氛圍，一直到「嘰嘎作響的木床」，使原先預感的期待獲得滿足，是一般小說裡處理男女情慾的典型手法。而同樣是「嘰嘎作響」的床，李昂的〈暗夜〉是這麼寫：

那個來家裡的男人，來後即把兩扇木門關閉，在那作為廳堂拜著一張神像，也作為睡覺地方的一小方房間內，阿母會立即在竹床上這樣仰躺下來，那男人壓在她上面擺動，引得竹床幾幾嘎嘎的震天價響。

其實到了李昂的小說作品，對於性的描寫已經再也不會閃閃躲躲，從《殺夫》、《暗夜》到《北港香爐人人插》，可以說是一篇比一篇辛辣，在《北港香爐人人插》一書裡幾乎是毫無忌憚的向傳統道德挑戰，裡面對男女生殖器官可說是指名道姓地直言無諱，完全打破了文學與道德的禁忌，就是對於性愛的描述也是徹底的解放，例如：

聽說奶子本來就大，白糊糊一大球在胸前，中心兩顆龍眼乾子黑不窿咚，男人一面騎在上面幹，一面伸手搓那兩粒大奶，像桿麵團一樣，隨乂乂（略，男性生殖器官）前後抽送，一下子推向前，一下搓到後，真是奇觀。

小說發展到這個地步，已是駭然不可評論了，屬於文學的美感和靈性幾乎已被抽離，剩下的只有作者的率性，和黃色小說的殘骸；當然這本備受爭議的小說，據傳是作者另有現實目的的寫實之作，因此刻意用粗魯的手法加以表現，其痛快淋濟，自然是不必用一般欣賞文學的標準去找碴，而且嚴格的說，我猜作者本身也沒有要把這本書歸為文學作品的意圖。但是這樣的寫作模式一旦確立之後，顯示整個社會水平已經可以接受，隨後新一代小說家在處理性慾情節的時候，其描述語詞的用度將可找到更為寬廣的空間，這應該是大家都可以同意的事。

但是，文學自有其限度，採用如此露骨地白描的寫法，大概也僅能到此為止，縱算是李昂再寫小說，大約也不可能繼續採用這樣的寫法，新一代的小說家目前也看不出有人願意追隨其後，男女的淫穢情事，還是含蓄比較美、比較好吧。因此，對於性愛情慾的描述，最後還是要退回到勞倫斯、傳統的、暗喻的美學裡面去！

一九八〇年代未完稿，二〇一一年增補完稿

二〇一一年十月三十一日　鹽分地帶文學雙月刊三十六期

女性內心情愛的詩歌告白

——明朝民歌《掛枝兒》賞析

中國民間詩歌非常豐富，從一部「詩經」就可見其端倪，可惜詩經文約意繁，深奧難懂，儘管注釋者眾，現代的人還是難窺其堂奧。舊體詩歌一直傳到約距今六百年前的明朝，才算接近尾聲，白話俗曲和歌謠應運而生，有馮夢龍等人大力採集，為明朝豐盛的民間文學再添活力。卓珂月曾說：「我明詩讓唐，詞讓宋，曲讓元，庶幾吳歌、掛枝兒、羅江怨、打棗竿、銀絞絲之類，為我明一絕耳。」

明朝民歌裡數量最多的是情歌，如馮夢龍所輯《掛枝兒》、《山歌》等，多屬有關男女情愛之描寫，且婦孺老弱俱能聽誦，差可比為今日之流行歌曲。明沈德符「顧曲雜言」即載有：「比年以來，又有打棗竿、掛枝兒二曲，其腔調約略相似，則不問南北，不問男女，不問老幼良賤，人人習之，亦人人喜轉左，以至刊布成帙，舉世傳誦，沁人心腑。其譜不知從何而來，真可駭歎！」

一般所稱民歌，多屬鄉野傳唱，粗俗鄙陋，難入文學大河，但明代《掛枝兒》雖是以白話創作，卻有不少精品，一般均猜測為出自文人學士之手，茲舉著名的〈噴嚏〉一首為例：

對粧臺忽然間打個噴嚏，
想是有情哥思量我寄個信兒，
難道他思量我剛剛一次？
自從別了你，
日日淚珠垂。
似我這等把你思量也，
想你的噴嚏常如雨。

此中描述一名女子想念情郎的心情，以攬鏡梳粧時突然打個噴嚏，視為是情郎向她打著思念的訊號，而聯想到以她對情郎思念之殷切，情郎豈非是噴嚏連連如雨？其中聯想之妙、情感之美，用現代詩學的眼光來看，也算是上品了。王驥德（伯良）曲律卷四曾讚道：「今所流傳打棗竿諸小曲有妙入神品者，南人苦學之，決不能入。」又說：「昨毛允遂貽我吳中新刻一帙，中如噴嚏、枕頭等曲，皆吳人所擬，即韻稍出入，然措意俊妙，雖北人無以加之。」可見正統曲學對這些情歌亦持讚賞的態度。然而我之欣賞《掛枝兒》，並不盡在所謂「措意俊妙」處，這類小曲固有神品，卻也不乏粗野之作，不過它卻記錄了中國婦女傳統的溫婉性格，這在現代女權高張的時代，已經愈發覺得珍貴了。

《掛枝兒》的特色乃是多屬以女性為第一人稱的情歌，其中愛、怨、嬌、嗔，無不顯露中國女性溫婉的風味，在浪漫中既具有些許幽怨，又復有令人疼愛的感情。茲舉〈寄書〉一首為例：

捎書人出得門兒驟，
叫丫鬟喚轉來。
我少分付（吩咐）了話頭。
你見他時，
切莫說我因他瘦。
現今他不好，
說與他又添憂。
若問起我身體也，
只說災病從沒有。

此詩所描述的情況，可能是情郎身體微恙或家有變故，雙方久未謀面，以致引起女方的相思病，但又掛心情郎，於是託人去探望，卻殷殷囑咐不可透露她的現狀，以免增加情人的憂煩。當然，從心理層次而言，女方託人去探視男方，無非也想讓男方知道她正為情所苦，才能達成寄情的願望，此為戀愛中人的正常心理，但詩中女主角卻不作此之圖，反故意隱略自己的痛苦，柔弱中可見頑強，而頑強中又可見感情的昇華，由此可以體會中國女性特有的愛情觀。

《掛枝兒》中也出現了幾首中國婦人處理男人「外遇」事件的情歌，如《嗔妓》：

俏哥哥，我分付（吩咐）你不要再吃醉，
今日裡緣何吃得醉如泥？
陪你的想是個青樓妓。
我且饒了你，
你要自三思，
他若果有愛你的心腸也，
怎捨得醉了你？

還有一首〈問咬〉，也是類似的情歌：

肩頭上現咬著牙齒印，
你實說那個咬，我也不嗔。
省得我逐日間將你來盤問。
咬的是你肉，
疼的是我心，
是那一家的冤家也，
咬得你這般的狠！

此二首即敘述男人在外風流，而女性「既往不咎」，且好言相勸的情形，一個是責罵青樓妓「若果愛你，怎捨得醉了你」，除了有指桑罵槐的用意之外，也巧妙的提醒男人何處才是真愛的歸宿；另一個則從男人肩上的齒痕判斷出其出軌的行為，要求其從實招供，用的卻是懷柔的辦法，「咬的是你肉，疼的是我心」，鐵打的男子也不得不心軟。兩首歌頗有異曲同工之妙，神韻亦極類似，這種處理外遇問題的態度，值得現代人參考。

《掛枝兒》情歌中固然多見女性溫柔委婉，令人垂憐的一面，但也有描述女性熱情貪歡的作品，例如〈雞〉一首：

五更雞，
吵得我心慌撩亂。
枕兒邊說句離別言，
一聲聲只怨著欽天監，
你做閏年并閏月，
何不閏下一更天！
日兒裡能長也，
夜兒裡這末樣短！

按，欽天監為掌天文、曆數之命官。歌中顯示女子與男人偷歡共枕，無奈五更雞啼，天將大白，必須離別，由於難捨纏綿之情，不禁怪起欽天監為什麼訂了閏年、閏月，卻不「閏更」，好讓時間多停留一會，甚而埋怨起為何不晝短夜長？一般認為中國傳統女性的感情生活表現相當含蓄，甚至帶有禁慾色彩，但這首歌卻把女性的熱情與對情慾的貪、嗔、癡描寫得十分大膽而可愛，《掛枝兒》的迷人之處，也就在於擅長處理女性心理活動之美，並且成功地加以表達。好多年前我在《自由時報》的「台灣精諺」專欄裡，看過一個客家籍作者記載過與這首詩相同的客家諺語，應該是明朝流傳下來的吧！

《掛枝兒》的詠情之作甚多，其中亦有「詠物」之曲，但形式為詠物，實則又是詠情之作，且當是以「物」喻「情」，歌中有很多相關語的使用，維肖維妙，即使置之今日亦是堪稱精品，如〈金針〉一曲：

金針兒，
我愛你是針心針意。
望得你眼兒穿，
你怎得知！
偶相逢，
怎忍和你相拋棄。
我時常來挑逗你，
你心腸是鐵打的。
倘一線的相通也，
不枉磨弄了你。

針線是古代女紅必備之基本工具，這首歌顯然是歌詠女子在穿針引線做女紅時的情景，且勾引出女子內心深處的情慾，把暗戀的對象當成鐵打的針，而女子自比為磨弄針頭的線，線穿過針即代表針線相逢，因此偶一相逢即不忍拋棄，表現了女子追求情愛之摯切；但針是鐵打造的，因此又以此形容郎心如鐵，偶一相逢即要分開，這是因為女紅做完了之後針、線即分開各處異處，故女子時常要做女紅，時時做穿針引線的工作，試圖藉此挑逗的方式，讓情郎終有靈犀大開，能使針線永遠相通的一天，也不枉她整天的磨弄心事。內中如「針」與「真」，「縫」與「逢」等，既為諧音，又且一語相關，達到了詠物寄情的顛峰妙作之境，實在難能可貴，可以說是古代版的「針線情」。

中國古代女性社會地位低落，社交生活趨於封閉，一般養成順天由命、逆來順受之處世性格，感情生活不如今人之豐富，但內心之情慾世界卻無限豐饒，因此成了詠歌、詩詞描述吟唱之對象，從「掛枝兒」諸多歌曲中，可以令人感受到明朝女性溫柔、頑強、嬌嗔、貪歡、熱情之內在感情活動，不僅豐富了中國文學的素材，更勾勒出中國古代女性內心之美，此曲此情，令人感動。

二〇〇八年九月二十五日　台灣現代詩刊十五期

童話是想像美學的遺產
——中國民間童話全集序

所謂「童話」一詞，按照早期的發現來說，其實是純粹的神仙故事，這可以說是狹義的解釋；然而按照字面的意義解釋，則無非是說給兒童聽的故事，這是採廣義的說法。一九〇九年孫毓修有一篇「童話序」，認定凡供應兒童閱讀的故事都可稱為童話。

然則，凡童話大都是以表現神奇玄怪之趣味為能事，專以吸引兒童的好奇心和聽故事的本能為滿足。在現今出版事業高度發達的時代，有不少兒童是看著「童話書」長大，沒有任何一個小孩不經歷過他的「童話時代」，因此童話書也就成了孩子們心目中最能引發他的精神與物質快感的「課外讀物」。

童話固然在本質上儘是充滿了神虛鬼怪的妄想作品，然而在世界文學領域裡，卻仍佔有一席重要的位置，許多文學大師並不排斥童話式寫作的嚴肅性，「格林童話」與「安徒生童話」等有時被視為高水準的文學作品，莎士比亞的某些作品在國外也曾被當作童話讀物來閱讀或處理；大文豪托爾斯泰和英國桂冠詩人曼斯菲爾德也曾為兒童寫過不少故事；而中國古代莊子、列子、柳宗元、劉基等的寓言故事，以及「干寶搜神記」之類的作品，廣義的說來，也都符合童話的條件。魯迅曾經在病中，把自己當做孩童一般的去閱讀這類野史趣譚，自覺非常得意。

除了故事本身的傳奇價值非常豐富以外，故事的主題也合乎幼年教育或兒童教養的需要，這是我們一般在處理「童話文學」時所持的態度，也是基於創作理學的認識。不過，我們又不得不承認，以「怪誕」為主要情節的童話，有大部分是根據歷史的傳聞典故和民間的俚謠而演繹出來的超現實下的民俗產物。按照文學上的說法，它可以說是一種「民間文學」，而按照民俗的轄科分類，它大部分屬於「地方傳說」，中國最早的一部「詩經」，大致上就是歸屬於這類「地方傳說」的「民間文學」，可見廣義的童話含有強烈的文學屬性。當然，現今所能閱讀到的許多童話集，由於走入商業化和流行性的必然趨勢，早已脫離了文學性的理論要求，而成為情節至上的民間故事。

因此，純粹把童話視為是一種地方傳說的「紀錄」，也許較能符合現今我們對市面上多如牛毛的童話書所取得的印象，此一方面固然是由於著書文筆和出版態度的問題，然而另一個問題是「童話」本身的定義原就是個假設題，並不能有學術性的確定領域。一八〇六年德國格林兄弟先收集了許多古代傳聞和民間故事，始有「孩童與家庭童話」（即格林童話）的出版，過了十三年才對書名的「童話」一詞做了正式的個人性的解說。因此，我們可以認為「童話」是集神話、寓言、傳說和民間故事組織而成的，這是暫離了文學態度的屏障所得的概念性的印象，而基本上它是以「地方傳說」為主要形成的骨骼，其對象，在以滿足兒童式的興味和了解為後設條件。

中國最早提到民間童話係以「地方傳說」（PLace Legend）一詞為根本的是胡愈之先生，他在早年的婦女雜誌第七卷（年代未考）「論民間文學」一文裡率先由英美引進這句話。一般的地方傳說，大抵是根據個別的宗教信仰、歷史地形、生活風俗、人物、生物和天然力的故事環繞而成，透過傳遞年代的久遠，因而產生了玄怪的變化，那是已經脫離了歷史的事實，卻又包含著歷史事實的斷片，而逐漸形成「原因論的故事」（setiologica stories），和「民間語源學」（folk etymology）的故事，徹底的發揮了豐富的想像力，把民族的美感表現得鉅細靡遺，因而，把童話視為是想像美學的遺產，一點也不為過。

然而，既然是「地方傳說」，原則上不脫以某地方自行流傳的故事為主，那是個別的「原因論」和「民間語源學」，對於地方性的物事對象，帶著充分的說明性和解答性，對史地及風物特性不同的其他地方，應不造成流傳的條件；然而，因為一旦造成童話式的故事，在特質上便容易超越時空的限制，被其他地方的民間傳播所吸收，他們會把故事中的地物、風俗和主角完全代入自有的，並且可能增減原有的故事。所以在童話中，我們經常可以發現許多重複的故事，甚至造成故事型式相同的「故事原」，因此地力傳說便轉為全民性的民間故事，這便是童話——民間故事——地方傳說三者所難以釐分而又無需釐分的緣故。

同時，以中國的地方傳說而言，也未必全是來自於中國域內的民間典故。中國古文學曾深受印度佛教的入侵而發生重大的激盪，而童話故事亦然。許多中國民間童話的「故事原」都從印度輸入，甚至也有從愛爾蘭神話和基督教神話中吸收演變；且不僅中國為然，世界各國重話，也都有彼此相通的故事型態發生。有關於這種比較研究，前人鍾敬文和趙景深二位先生均有專文詳釋，從此可以看出童話是超越時空而無國籍的，有其世界性的生存環境。

大致而言，流傳在中國的地方傳說而成為童話的這些民間故事，其特點是分佈於兩個主題而發展出來的，其一是：求食富；其二是：求子媳。

中國古代的農業社會，人是很貧窮的，貧窮人家無日不以求食、求財為奮鬥的目標，而少數的富人無論守財或施財，也有他既定的原則，因此其中便孕育出不少貧富變易的故事；同時，中國古代「男大當婚，女大當嫁」的觀念十分堅固，窮人巴望攀上富貴女，富家千金又千挑百選如意郎君；且無子嗣者多切望獲得一子半女，以扶家繼嗣，其中便蘊育出生生不息的奇事異故，加上有高超的想像力穿針引線，神仙鬼怪隱入其間，便創造了豐富無比的中國民間童話。

顧頡剛先生在談到中國地方傳說的產生、形成和態度時，曾說：「人們對於事物，都有作解釋的要求，大如日月星辰，小如一木一石，都希望懂得它的來歷，這是好奇心的驅使，這是歷史興味的發展。但一般人的要求解釋事物和科學家不同，科學家要從旁靜觀，徐徐體察它的真實，一般人則只在想像中覺得那種最美妙，最能滿足自己和別人的美感，便是最好的解釋。」

誠然，民間童話其實是紀錄了這個民族感性的一面。當今一切的學術已有相當發展，我們不難檢視多數的神話傳說，都是人為的製作，古人們以簡單的生活經驗，在魯直的腦中組織成這些「怪力亂神」的故事，固然是經不起科學和現實的考驗，但是，這些極富怪誕想像的傳說，是古人以「美感」的要求代替「理性」的解答，態度是嚴正的，而不是單純的遊戲動機，這是我們欣賞民間童話時，所必須操持的基本認識。

一九八四年九月二十三日　摘載國語日報

一九八四年十二月　完整刊於海洋兒童文學六期

二〇一一年二月十五日　修訂

僧侶與詩

僧侶與哲人，或許只有一線之隔。

佛經寫下了多少醒世警語，一些得道高僧寫的偈詩，更是哲人之詩，幾可振聾發聵，醍醐灌頂，其中饒富的禪理，還猶如心靈之珍珠，令人把玩而愛不釋手。最膾炙人口，最為家喻戶曉的，莫非六祖慧能的「慧能偈」：

菩提本無樹，
明鏡亦非台，
本來無一物，
何處惹塵埃。

塵埃，可以是指人的「偏見」，或「我執」，也可能泛指「業障」，或「六根之慾」，但我們都習慣用來形容「煩惱」，楞嚴經云：「想像為塵，納想為垢。」可見一切都是從私心裡想出來的。有些煩惱本來不存在，是庸人自擾之，這樣的語意，用這句詩來揭示，實在是智者珠璣，暮鼓晨鐘。但是，這世界到處是塵埃，塵埃弗請自來，卻是人類無法避免的事，這是人間的本質。禪雖然講「無我」，佛教卻不敢說是出世的，因為如果不入世，什麼佛啊禪的，都變得沒什麼用處了。所以慧能也說：「佛法在世間，不離世間覺，離世覓菩提，恰如求兔角。」

可與「慧能偈」相對應的，是宋朝禪宗茶陵和尚的「示法偈」：

我有明珠一顆，
久被勞塵關鎖，
今朝塵盡光生，
照破山河萬朵。

這句詩比起「慧能偈」，更顯氣象萬千，慧能偈比較是悲觀的、消極的、無我的，茶陵的這句可就顯得樂觀、進取和入世的，一句「照破山河萬朵」，是何等的豪邁，何等的氣度！足以把人的價值提高到最顛峰。每一個人其實都是蒙塵的明珠，人也難免被塵埃覆蓋，但只要懂得擦掉塵埃，就能還回光亮。

然而，我最喜歡的，還是日本僧人良寬（一七五八～一八三一）預知到自己大限將至所寫的「絕命歌」：

春花秋葉杜鵑在，
何須他物留世間。

春花、秋葉、杜鵑，代表的都是美麗的事物，有了這些美麗的東西，世界上還需要留存什麼東西呢？連人都不應該存在了！這種極端、捨我、純淨的思想，令人震撼。

良寬僧的詩既然叫「絕命歌」，自然是一種臨終的感懷，但是，與其說是灰色思想，毋寧說是對大自然的臣服，相對來說，就是歌頌了大自然不可抗拒的力量，而這力量就是美，是四季秩序運行的自然力量，春天該開花，秋天該落葉，夏天出太陽，冬天要下雪，沒有一樣能逃脫，在這種巨大的自然力量之前，人相對變得毫不起眼，連存在都變得沒有需要了。另一方面，四季雖美，也要按照大自然定下的規律，春必去，秋必來，有生有死，人又何能逃避這種輪迴呢？良寬的豁達其實是用了最美的感悟來呈現。

連臨終，都還在讚嘆自然生態之美，也許只有禪，只有僧，只有詩人，才有這種慧根吧。

如果仍覺得良寬的詩還是太灰色，宋朝慧開禪師也有一句可相對應的名偈，詩云：

春有百花秋有月，
夏有涼風冬有雪；
若無閒事掛心頭，
便是人間好時節。

一樣是對四時美景的讚嘆，但是，美景當前，若心有罣礙，見了春花秋月還嫌它多事，那是怎麼也快樂不起來的！只有擦去塵埃，除卻煩惱，了無牽掛，日日、時時、刻刻都會是好日子。

僧人看世間，儼然都多了一隻眼，與詩人不遑多讓，這是僧侶突然叫我感興趣的原因。佛陀在談到他自己的悟道時，形容說：

眼睛生出來了，
知識生出來了，
智慧生出來了，

善巧生出來了，
光明生出來了！

用這樣的疊句，把自己觀照世界的image逐一放亮起來了！全部透明化起來了！即使用現代詩的標準來看，這樣的發想和寫法，也應該是令人擊掌的句子。與拾虹的詩「星期日」：「星期一駛來的是什麼樣的一條船呢？星期二駛來的是什麼樣的一條船呢？星期三駛來的……啊，遠遠而來的是什麼樣的一條船呢？」兩者內容雖不能作恰當的比對，而且可能意義和精神正好相反，但論工法，應有異曲同工之妙，都是善用了疊句的效果，一句一句的把想像的世界擴張了，呈現出智慧。

二〇〇六年二月十五日笠詩刊二五一期

錦瑟詩談李商隱

在浩瀚的中國古典詩詞裡，被列入晦澀（ambiguity）之流的，有「義山詩，夢窗詞」之說。義山即李商隱，他的詩王國維認為其病在「隔」，不屑一提；吳夢窗的詞更被張炎（玉田）斥為「如七寶樓台眩人眼目，拆碎下來不成片段」，這些都是晦澀惹的禍。好在他們一方面受之於譭，一方面卻也享之以譽，特別是在近代西洋美學被運用到文學創作及評論上極端發達的時候，他們受到了比以往較高的評價。

對於義山詩的研究，可謂前有古人，後有來者，前人以箋注考據的傳統方法來從事研究，後人則以美學原理加以鑑賞分析，中間大約要以王國維時代為分水嶺，前有張爾田、馮浩等人，後有朱光潛、陳世驤等人，及至今日，方有俞大綱、葉嘉瑩等人綜合箋注考據為新文學理論重開一道新路，以研究李義山的詩。

義山詩以詠物見長於世，也以詠物詩最具晦澀感，其中「錦瑟」、「燕台四首」、「謁山」更常為人非議或評論，其用典之多且冷僻，實也令許多學者感到頭痛，因此，大都依據不同的鑑賞角度來加以評析，似非如此不以為功，而使得義山詩本身的神秘性愈加複雜化。不過，也有人不刻意「去追求它的意義，而彷彿意義自來」，以這種態度來欣賞李義山的詩，說不定另有一番境界吧？義山詩至今仍有許多斷句流傳幅廣，膾炙人口，或許因為就是這樣才留傳下來的，例如：

「身無彩鳳雙飛翼，心有靈犀一點通。」
「春心莫共花爭發，一寸相思一寸灰。」
「春蠶到死絲方盡，蠟炬成灰淚始乾。」
「神女生涯原是夢，小姑居處本無郎。」
「此情可待成追憶，只是當時已惘然。」

其中「錦瑟」詩是最為人所熟悉的一首，我們亦可從本詩窺見義山詩中晦澀手法之全豹，全詩如下：

錦瑟無端五十弦，一弦一柱思華年。
莊生曉夢迷蝴蝶，望帝春心託杜鵑。

滄海月明珠有淚，藍田日暖玉生烟。
此情可待成追憶，只是當時已惘然。

由「錦瑟」而思「華年」，本是一種內心活動，是一種非現實的想像，但是，卻藉著「一弦一柱」　而將此兩種不同的素材予以想像化合，至於為何「無端五十弦」，眾說紛云，張爾田表示「謂行年無端將近五十」，馮浩認為是「以為悼亡」，或有說「以二十五弦為五十取斷弦之義」，當然，也有可能取孔子「五十而立」之義，只是至今尚無定論可憑，倒是在「一弦一柱」中造成時空上短暫的停頓，予於人思索錦瑟與華年之間現實關係的聯結作用，才是重要的，這一點多為治義山詩者所忽略。

第二行的「莊生曉夢迷蝴蝶，望帝春心託杜鵑」用典俱有明晰之出處，不致難懂。莊生即莊子（周），朝夢為蝴蝶，便栩栩然自以為是蝴蝶矣；望帝是古蜀主名，其人死後魂化為鳥，名杜鵑。本段隱喻微妙的心靈上寄託之情。

「滄海月明珠有淚，藍田日暖玉生烟」，其用典出處，各家俱有說辭，但較為人考用者，其典故如下：

郭憲別國洞冥記：「味勤國，在日南，其人乘象入海底取寶，宿於鮫人之宮，得淚珠，則鮫人所泣之珠也。」

博物志：「南海外有鮫人。水居如魚，不廢績織，其眼淚則能出珠。」長安志：「藍田山在長安縣東南三十里，其山產玉，亦名玉山。」困學紀聞：「司空表聖云：戴容州敘倫謂：『詩家之景如藍田日暖，良玉生烟，可望而不可置於眉睫之前也。』義山句本此。」

方祖燊先生談到本段，謂李義山有自比自許之意，「謂己才如滄海之珠，妻美如藍田之玉」；姚一葦先生則以「視覺意象」來欣賞本詩，謂「珠有淚，玉生烟」皆淒苦之詞，但在感情的色調上卻煥發著歡娛的光彩，此均證得義山詩在暗喻技巧上之成就。

末段「此情可待成追憶，只是當時已惘然」，是本詩的中心思想所在，如無本句，則前面所寫各景各情僅能單獨存在，不具有連結可能性，原來義山錦瑟詩的意義，乃在於所描寫的那些美好景物皆非拾手可得，只要錯過那一剎那，便會覺得心裡若有所失了！

綜觀全詩，藉各種「對比」（如錦瑟—華年，蝴蝶—杜鵑，滄海—藍田，月明—日暖，珠淚—玉烟，追憶—惘然）的技巧及典故，產生了思考上的imagination，而給予人莫大的想像，並因而引起蒙太奇式視覺形象化的手法，可以說是義山詩被稱為「隔」的主要因素。義山以其一貫的伎倆造成了這種「隔」，在現代文學原理上，卻給我們的內心活動帶來更大的鑑賞上的美感享受，此或即英國美學大師布洛（Edward Bullough）所謂「心理的距離」（Psychical distance）的魔術，而李義山在千年以前似已深得個中三昧。

最近治義山詩者通常以現代文學技巧與李義山的表現手法相提並論，葉嘉瑩教授認為卡夫卡（Franz Kafka）的不可以理性領悟的「真實生活在其夢魘之心靈中的反映」與義山的「對人世間無常與缺憾的深悲」之文學觀「有相似之處」，可見得義山的文學觀與同時代人相較，必屬前進派，一般人只知李義山善工豔情詩篇，事實上他在當時文學界相當活躍，晚唐的「反道緣情文學」運動，他居於領導地位。

本來在中唐年代，文人因救世載道失敗，轉而提倡奇辭怪語，詩人也因言志刺世的失敗，轉向聲色文藝，但還不能全然背棄「言志載道」之說，直到晚唐年代，他們才真正的脫離「載道」的包袱，而提倡緣情主義。李義山的上崔華州書一開始就提出對古文家的正面攻擊：

「愚生二十五年矣，五年讀經書，七年弄筆硯，始聞長者言學道必求古，為文必有師法，常怏怏不快。退自思言：夫所謂道豈古所謂周公孔子者獨能耶？蓋愚與周孔俱身之耳。是以行道不繫今古……異品殊流，又豈能意分其高下哉？」

因此李義山創造了駢四儷六的「四六文」，在形式上講求華美，在實質上講求以情為主，所以捨棄了「枯槁寂寥之句」，而求「驕奢豔佚之篇」，也因此使他留下了傳頌千古的豔麗詩篇，而他所帶給我們的長久迷惑，事實上也就是現代哲學、文學與美學所要突破的焦點，在此，李義山給了我們一個啟示，在文學領域裡，改變的只是形式和語言，而它的方法和原則，往往是超越時空而亙久不變的，義山詩跨越了古典現代，所給予我們的，確實是一個優美的印象。

一九八〇年六月十一日　愛書人旬刊一四三期

人之俠者
——評陳銘磻著「江湖夜雨」

有人主張「文學即哲學的戲劇化」，因為事實上幾世紀以來，文學即不斷在人生的思想性上呈現豐饒的一面。本世紀法國的「反小說」運動，曾試圖以作品與理論來反擊這種觀念，捨棄了「全知觀點」而運用「單一觀點」的方法來透視小說的中心思想，羅伯格利葉甚至打破了傳統，嘗試以幾何形象來發展小說的新面目，避開「哲學」的探討，但是，這些都沒有能立刻使「文學即哲學的戲劇化」的觀念沖淡，這點很容易使人意會到，文學若離脫了哲學的一面，它的意義似乎會降低到較低的精神位置上。

文學既無法不脫離人生，則對人本精神及生存意識的探討自然會成為主要的課題。而表現此一課題的技術的好壞，才是研究文學者所醉心的問題。一般論藝者常說「無技術即無藝術」，其道理在此。

最近讀到陳銘磻的新書《江湖夜雨》，其中有部份作品極具哲學氣味，一如本書在背面所介紹的：

聖經上說：「原來我們不是顧念所見的，乃是顧念所不見的；因為，所見的是暫時的，所不見的是永遠的。」本書把觀察社會的百態，把人類對生命的糾纏困惑，利用時空變化，以俠的型態表現，以電影手法的寫作技巧表達，彷彿在千重山萬丈山之間，令人領悟到生命的有與無。

本書取名《江湖夜雨》頗有武俠意味，但其中具俠道精神之作品，僅〈江湖夜雨〉、〈路過六角亭〉、〈揚州客〉等數篇，而且也沒有刀光劍影、快意恩仇的血肉描述，我們所看到的，是作者借俠者的心境，所傳播出來的對人生的體認或探索的路程。其餘的十多篇作品則描述原住民同胞的生活居多。

在〈江湖夜雨〉這篇小說裡，作者借兩位劍士的約會闡述彼此在三十年當中對生命的探討，這兩位劍士並未碰到面，但是每經過十年，他們都有一番新的成長，在思想上，在追求上，作者有著甚為深刻的描寫，人生的困惑，是沒有結論的，也因為沒有結論，人的思想才會更豐富，更具魅力，對生存真諦的探討，也才能永不休止。作者本身具備有寫一手豔麗的散文的經驗，因此，在處理這種題材的時候，在語言上顯得異常洗鍊，兼或有詩的意境出現，像：

「月亮，乾杯，我的追尋是我的企望，我的熱情是生命探索的源頭，縱然山崩水斷，劍折身毀，月亮，伴我，黑夜中，你是我唯一的知音。乾杯，你請。」

或：「他手中緊握的琵琶和著來去不完的濤聲，成海邊一隻最淒涼的孤鷲。」

等等，這是陳銘磻在經過一段散文訓練後轉向小說寫作而仍能保持著的一種特色，這種特色除了在語言上表現，同時也從思想上表現，負劍的紅布衫男子曾經問過樵夫生命是什麼，樵夫告訴他是一條潺潺不息的流水，而農夫只從田間拔取一株大麥幼苗遞給他，然後又繼續他未完成的除草工作，另外一個小孩不語不答，只專心一意的把玩手中的泥人，一個男的，一個女的，之後將兩個泥人的手緊緊貼在一塊。一個問題而有了三種答案，是永恆嗎？是生長嗎？或是愛呢？於是，「他的劍姿成為最深最謎的一朵冷冷的雲。」

兩個孤獨的劍士在人生的旅途上，他們孜孜不休的在追尋屬於他們自己的生存真義，在陳銘磻的筆下，他們不只是他們，也是我們。

這是被作者用來作為書名的本書第一篇文章，可見作者對它的重視，屬於早期作品，那時作者剛從散文裡脫胎，不久後，陳銘磻又以「報導文學」見名於文壇，以至於後期的作品，多半傾向於寫實的手法，特別是一系列報導原住民或落後地區居民生活百態的小說，跟他過去較早期的唯美主義的形象，其差異是特別顯著的，可以說，陳銘磻是由「人性」漸漸走向「人道」的。

「雲雲花后裡的夢魘」是他後期小說典型之一，描寫兩個從事酒女生涯的原住民姑娘的故事，由於職業的不受諒解而致發生了悲劇，而這種悲劇相當具有現實性，從這一個觀點來看，主角——雲雲的自殺，也是很突出的，因為在她的未婚夫口頭聲明解除婚約以後，「雲雲像掙脫了枷鎖一般的又恢復往常的模樣，沒事時，就著一襲透明的桃紅色及地睡袍，拿著瓶蔻丹，在腳指甲和手指甲上塗塗抹抹……嘴裡又是哼哼又是啦啦的唱著梨山癡情花」。

不久，雲雲卻自殺了，前後情緒的衝突，使得現實的悲劇性更為高昂。彭瑞金先生在評閱本文時，說「陳銘磻是站在人道主義同情的角度來報導這個事實，並未能從多角度來觀察，所以嚴格說起來，作者的功夫仍不夠，技巧、造詣亦待加強，因為太接近報導文學了。」個人認為，報導文學才應該多角度，小說，似乎焦點越集中，角度越細膩，才能有更尖銳的表現吧？本文在結束時：「素娟……眼前忽然流來山地的一幅山山水水，她不自覺的也學雲雲把眉頭緊蹙起來，低低的哼著梨山癡情花」，這「山地的一幅山山水水」就是作者所要給予我們沉思的山水。

作者曾經在山地工作一段時間，此後即奠定他在原住民文學所佔的地位，我相信這絕非僅依靠「報導文學」所能獲得的，在小說創作上，陳銘磻仍有其執著的一面，當然，如何克服報導文學對純小說的影響，也是今後陳銘磻努力的課題之一。看完《江湖夜雨》這本書裡各種不同風格的十五篇小說，您將發現，無論是人性或人道，陳銘磻所呈現的，就是活生生的「人」的文學！

一九八〇年五月二十一日　愛書人旬刊一四三期

我的文學之路
——文學使我成長

喜歡文學，對我來說，既是偶然，也是自然的。而自不量力的踏上寫作之路，其中也有一半是偶然，一半是自然。總而言之，對此我毫無強求的慾念。

小時候我對語文課程的偏好，與數理課程正好相反。雖然如此，但我的語文才能也並非出類拔萃，直到小學五、六年級始有機會代表班上參加校內作文比賽，記得當時流行「看圖作文」，我奉派參賽兩次，都沒有得名。

我也不像有些人，從小就閱讀中國或世界名著，我的作文根底是靠武俠小說打起來的。小學五年級我開始租武俠小說看，一看就入了迷，而為逃避媽媽的監視，我大部份是利用晚間睡覺時，藏著一把手電筒躲在被窩裡照著看，想來我的近視也並非無緣由的。

考上初中後的第一個學期，有幸又被老師派去參加校內作文比賽，這次竟然一炮而紅，拿了個第一名，此後屢次參加作文比賽，多少都有斬獲。真正喜歡上塗鴉，大約就是從這個時候開始的。

當時也試著去投過一次稿，記得是一篇名為〈人之患〉的短篇小說，取「人之患，在好為人師」之意，好像是寄給《野風》了，但都沒有下文，大概被扔到字紙簍裡去了。當時還不知道要用稿紙寫，只是白紙寫上鉛筆字，就寄出去了。

到了高一，有一天上國文課時，忽然福至心靈，隨手在課本上寫了一首短詩〈靜默〉，覺得很能發抒心中的感觸，而且小說長，不如寫詩容易，於是一有空就寫詩，然後開始向外界投稿，「錄取率」還滿高的，因此自認為比較適合寫詩。有了這個觀念，興趣就更濃了。

早期寫詩，我寫得很率性，以為只要像個詩的樣子就行，後來連續遭到知名刊物的退稿，才發憤去研究詩該怎麼寫，等到摸索至某一程度時，才日益發覺寫詩的困難，有一陣子還轉而去寫散文。

世上的工作，總不脫離「熟能生巧」的原則，但藝術工作則未必盡然。以寫詩為例，老套就是陳腐，沿襲就是墮落，詩人隨時都要準備「以今日之我殺死昨日之我」，這種轟轟烈烈的內部思想戰鬥，不難也難。

不過，也由於這樣的自我要求，才能刺激思想的敏銳與活潑，這不但有助於任何形式的創作，也有助於對任何事物的理解、判斷與發現，並使此一特長逐漸轉化為自我的人格特質之一。

走上文學之路，最大的好處也許就在這裡。

一九八八年五月十二日　台灣時報副刊

讀書樂

讀書樂不樂？如果以現今流行的民意測驗來調查，恐怕多數人會認為讀書是一項痛苦的經驗。那些高唱「讀書樂」的人，如果不是言不由衷，就是典型的書癡。許多人之以讀書為苦，難免是因為由「書」聯想到了「教科書」和「考試」的緣故，至於快樂的讀書人，則顯然是已經跳脫出這一層夢魘式的迷障了。

晉書車胤傳云：「胤博學多通，家貧不常得油，夏夜則練囊盛數十螢火以照書。」又尚友錄載：「晉孫康，京兆人，性敏好學，家貧燈無油，冬月嘗映雪讀書。」此即梁任公所謂「十年螢雪」之典故。其他如寒窗借月或刺股夜讀等事蹟，我們也已聽過不少。古人之為求功名利祿而如此苦讀，照我們今天的教育思想來說，似乎並不值得鼓勵。

不過，古人之為科舉而讀書，與今日莘莘學子之為聯考而K書，本質上相差並不遠，因此這種「開夜車」的苦讀經驗，現代人未嘗沒有領教過，一般學生之談

「考」色變，正可以說明讀書之苦。

當然，所謂「苦讀」，則必有苦讀的效果，凡是大學問家，多有一段苦讀的時間最後才能獲致成就；而如古夙夜苦讀，一朝而舉官名，自是樂不可支，這是「讀書樂」的由來，可謂「先知讀書苦，方得讀書樂」。瞭解了這一層關係，我們可以明白，原來讀書的「樂」，就是從「苦」上磨出來的。

而讀書之「樂」，也有另一種解釋，便是指讀書時的樂趣。讀書而有樂趣，則必須是自發性的去讀書，沒有任何外邊壓力，也不承載什麼大目的。讀自己喜歡的書，才能領略到讀書的快樂。從這一點看來，能快樂的讀書，也算是人生抒情之一種了，想必這也比較合乎現代的教育理念吧！

宋黃山谷說：「三日不讀書，便覺語言無味，面目可憎。」當然，讀書與面貌並無絕對關係，但讀書的情趣和風韻能使一個人的氣質得到潛養，這點應無疑義；「學琴的孩子不變壞」，愛讀書的孩子更不用說了。這也就是為什麼明知讀書很苦，世界上卻有很多的聲音在同時要求你「開卷有益」的理由。

被林語堂稱為「十七世紀印象派大批評家」的金聖嘆，曾經在《西廂記》一書的批語中，寫下了他膾炙人口的「不亦快哉三十三則」，這是他和他的朋友在十日的陰雨連綿中，住在一所寺廟內計算出來的，把人生絕頂快樂的事描述得淋漓痛快，而其中與書有關的則占了四則，可見有許多快樂，是可以從書本上去尋求出來的，而不一定要去上酒家、唱KTV，或是打電動玩具。

明袁中郎（宏道）於某夜偶閱一本詩集時，因發現同朝一位當時並不出名的作家徐文長，驚喜其作品之佳，一時高興得從床上跳起來，甚至叫醒他沉睡中的朋友，兩人共讀共叫，連僮僕都被吵醒了。其快樂至於如此，不愧為讀書人之真性情。

宋朝女詞人李清照，其「玩書」更有一絕，根據她的〈金石錄後跋〉所載，與人品茶時，以「猜書」分勝負，宛如今日之猜拳。她說：「言某事在某書某卷第幾頁第幾行，以中否角勝負，為飲茶先後。」因此，她認為讀書之樂，「其樂在聲色狗馬之上」，真是慧人慧心之詞。但這還不算什麼，清代學者顧千里每讀經時，逢夏日輒必裸體而讀，才能感到暢快，可謂是「痛快到了家」呢！

有一次讀胡適的《章實齋年譜》，裡面寫道：「先生獨對袁枚則始終存一種深惡痛絕的態度。」由於我一向對袁枚「愛入花叢老少年」的狂狷個性愛不釋手，因此對章太炎的態度存有主觀上的排斥，認為章太炎議論袁枚「無德」與「不學」，大有使找「偶像破滅」的悵然，心中頗有不快；但不數日，我終於又找到一本書為我「絕地大反攻」，那是郭紹虞的《中國文學批評史》，內載：「實齋所言雖大放厥辭，可謂對於袁子才的思想全未得其要領。」這下子好像我腹內穢物一泄而通似的，全身暢然，那種「知我者郭紹虞」的快感，外人恐難相信。

魯迅有一篇〈病後雜談〉，談到他在病中讀書的情形，寫得逸趣橫生，他從生病想到人體，從人體想到生理醫學的解剖，所看的都是這些書，最後又從解剖學看到古代的酷刑術，然後好整以暇的討論了「剝皮法」，堪稱是懂得看書的「機會教育主義者」。

人生難免生病，不妨到時把「養病」當作「閒情」，也來看些書，那麼金聖嘆應有「不亦快哉」少一則的遺憾。

一九九一年三月二十九日　台灣新生報副刊

我在古文裡迷了路

有一陣子，大約十七、八歲的時候，我迷上了古文，常常帶著一本錢穆先生的《國學概論》到山上的涼亭閱讀。

那時候，經常陪伴在我身邊的書只有兩本，一本是錢穆的《國學概論》，一本是李英豪的《批評的視覺》，後者是一本現代詩的導讀論作。

當時，《中央日報》常有討論古文的作品，所以我也非常喜歡剪貼「中央副刊」的作品，得此之緣，後來我陸續在上面發表了幾篇散文。

一九七〇年二月廿日，《中央日報》副刊發表了一篇張哲先生的〈千年之誤〉，指昌黎集中李約應為李絳，並云「治昌黎集者，無慮數百家，此誤未正，殆屬百密一疏」，真是語重心長。

古典文學作品流傳歷史悠久，至今仍頗見疑誤。縱觀古文詩詞，間或有言意未盡者，有史考未詳者，有用字未得者等等，雖有不少訓詁學家作過各種修纂、考訂，與校勘之書，但還是眾說雜陳，使初學者落入迷霧之途。

在我檢閱「中副」剪貼簿的時候，感覺到古文之誤者，多為史誤、人誤與學誤三種，如吳任華〈書鄂王李夫人事〉，指奸黨誣衊岳武穆夫人更嫁，而史世皆莫能識別，並取岳氏宗譜及李夫人軼事為之疏證辯污，此應為「史誤」；如孚游〈滿奮與吳牛喘月的考訂〉，指近人因滿奮史無正傳而亂作向壁附會文章，並為吳牛喘月的事舉證考訂，駁斥諸謬，此應為「人誤」；而張哲所謂「千年之誤」，指韓昌黎集中李約為李絳，「治昌黎集者無慮數百家」，居然無人正此錯誤，此應為「學誤」。

我之所以舉此三例，是因為這三篇作品都貼在我中副剪貼簿的同一頁裡，像這些都有史實可以證對的，相信古文之中必然還有不少是有同樣疑誤的。

最令人費解的是晉陶淵明的〈桃花源記〉，由於在文末加了一句「迷不復得路」，使得後世學家對此「桃源」一地紛作無謂的揣測，有曰並無其地，有曰確有其地，前者多說「桃花源」是憑空想像出來的，僅藉寄情於其個人理想的世界；後者又多各引述其識，除有「武陵」一說之外，有說是鼎州的桃花觀，有說是鎮江茅山的華巖洞，有說在洞庭湖之西，有說在魏晉時代的塢堡如壕山塢、皇天塢，有說在淮泗間魏晉南北朝對峙時「不居各數百里」的荒區。反正，言人人殊，靖節先生的文章好像變得是「故弄玄虛」了，無從追實考證。

至於古代留下來的詩詞，也尤多疑誤，爰舉一二例：如夢窗詞「紺縷堆雲，清題潤玉，氾人初見」（瑣窗寒詠玉蘭）中之「氾人初見」，胡適詞選嘗從毛本誤作「記人初見」而大薄其詞，其實夢窗寫「氾人」一語原是取一故實（見唐沈亞之湘中怨解）並藉詠玉蘭以懷其去姬的，（參看葉嘉瑩教授〈迦陵談詞〉），今將「氾人」誤作「記人」，則「變深曲之情為淺直之語」，差矣。

王鵬運嘗疑易安詞中〈浣溪紗〉（繡幕芙蓉一笑開）非她所作，及〈采桑子」〉（晚來一陣風兼雨）一首非她所作，雖說附議者少，但既有此疑可問，自然還有查證統校的必要。

再如後主詞〈阮郎歸呈鄭王十二弟〉，這首詞馮延巳《陽春集》有，歐陽修《六一詞》有，晏殊《蘭畹集》也有，但《草堂詩餘》根據了詞後有後主「東宮書府」的印信才斷定是後主寫的。像這些是是非非之說，擾得後學者不知該何適何從。

當時，就因為有這些問題，使我對古文的研究上了癮，因為裡面充滿著無限的空間可以繼續探討。可以說，古典文詞是浩瀚學海，是一個非常有魅力的世界，但也更因為如此，沒有高深的學問，根本無法深入堂奧，我在其中迷了幾次路，從蜿蜒中走出來，就很少再敢進去了！

一九七〇年四月十五日　原載青年世紀八十九期
二〇一一年二月五日　修訂

抄書與筆記

讀書，不能死讀書，也不能讀死書。讀書不但要求記憶，更要求有效率，有效率的讀書方法，會使人更願意去接觸書，更能夠發揮讀書的效果。所以讀書，就不能不講究方法。

曾任日本學習院大學教授的清水幾太郎認為「讀書的方法」包含兩個問題：其一為何時、何地、如何去閱讀那些書籍的問題；其二為如何保存、整理，與利用已閱讀過的書籍之內容的問題。前者蓋因各人的生活環境與讀書環境而有不同，主在爭取時間，利用空間；至於後者，清水教授在他《主觀主義的讀書方法》一書裡，已很明顯地指出是抄書或作筆記了。

事實上古今中外已有不少學者都認為抄書與筆記乃是讀書不可缺少的一種方法。即以中國而言：

宋吳枋：「凡耳之所聞，目之所見，口之所誦，心之所得，隨手抄記。」（宜

齋野乘）

清顧炎武：「著書不如抄書，凡今人之學必不及古人也，今人所見之書之博必不及古人也。小子勉之，惟讀書而已。」（亭林文集卷二）

李光地：「凡書目過，口過，總不如手過，蓋手隨則心必隨之，雖覽誦二十遍，不如撮抄一次之功也。」（榕村全集）

章學誠：「為今學者計，扎錄之功必不可少。」（與林秀才書）

胡適：「要使你所得印象變成自己的，最有效的法子是記錄或表現成文章。」（藏暉室劄記自序）則更進一步。

梁啟超：「發明的最初動機在注意，抄書便是提醒注意及繼續保存注意的最好方法。」（國學研讀法三種）則最詳盡。

英國學者韋柏夫婦（Sidney webb, Be atrice webb）在《社會研究法》一書裡也深信只有筆記這種方法「才能排除我們偏見的活動，使我們的思維秩序不是跟隨於我們自己的先見，而是要符合我們的研究所發現的事物秩序。」

不過認真說來，這種讀書或著書的方法早在中國後漢時期就已付諸實現。漢獻帝時，由於班固《漢書》文辭難省，乃令荀悅依左氏傳體撰《漢志》三十篇，辭約事詳，論辨多美，實抄書筆記之先作。宋以後，袁樞《通鑑紀事本末》，呂晚村《宋詩抄》，朱彝尊《經義考》，顧祖禹《讀史才輿紀要》等，皆抄書也，然亦不失為良好的創作，可見勤於抄錄也是專精下苦功的方法之一。

抄書者，主在抄錄吸收原著者的學問或思想，比較客觀；筆記者，則在運用自己的學問或思想，融會貫通，較為主觀。兩者意義雖有小差，但可相互為用，且都要用手、隨心、動筆，其目的也均在增益學識，蒐集寫作資料，所以它們的方法雖異，其最終目標則是相同的。

然而在未作抄書筆記之前，我們必須先予選擇書籍絕對性的正確，例如先做「該書是否值得我來抄記？」這樣的思考，若是鑑別隨便，慢說浪費心神筆墨，寫了也不一定有用，也許是一堆廢料罷了。因此，我依據柯達（Fran Cesco Cordasca）與加納（Elliott S.M.Gatner）的《研究方法與報告寫作》提出十點選擇書籍的要訣：①著者。②正確與可靠。③適於專門研究之用。④見識。⑤嶄新。⑥權威性。⑦興趣。⑧插圖、表格與圖解。⑨處理與體裁。⑩編排與出版者。——這種取捨可以說相當嚴格了。但若要一勞永逸，真正的求學該是擇善固執與不憚其煩的。

抄記的方法約有兩種：

第一種是「書籍兼筆記」，像中國古代的「眉批」。在書上重要的地方或待考的地方作記號，然後在書上寫下小標題，憑小標題可以瞭解段落大意，對日後應用觀察較為便利。另外，與同一問題有關的其他頁數，其他書籍的標題、頁數，都可一一記在書上。再進一步，將自己的感想或讀後所得的大綱也寫在上面，這種方式好在過程簡單，步驟輕便，但書上可以填字的空白畢竟有限，莫非寫得不能完整，就是擁擠含糊不易辨認，這樣一來反而損壞了原先下工夫的本意，所以是有限度的。

第二種方法較為一般人所言談，即是要另開紙張而不是直接寫在書上。這個方法又須分開兩方面來講：編寫、節要。「編寫」最能表現思想，用自己的字句或意思將資料改編，收成後等於自己的東西。「節要」最常用到，就是抄其提要鉤元之處，但處理要審慎，免得該抄不抄，已抄的部分又無關閎旨，這就得不償失了。

至於所用的紙張，多半是卡片式的，而以活頁最佳，記載的內容應包括書名、作者、出版者、日期、頁數、與序跋等，目錄最好也抄下來，若是報章雜誌，日期、卷（版）數也填上。一張紙只記一件事，若不夠，再接第二張，以次類推，紙卡的右上方為年月日（或張數），正上方置一全張內容的顯明標題，最好用紅筆，以示醒目。摘錄的紙張大小只要合用就宜，但應一致，便於保管。紙卡上單書一面，背後不要寫，筆記要整潔、正確、完整、避免潦草。

至於要用活頁的理由，乃是因此才能將這些資料適於不斷合乎最理想的安排秩序，同時可以隨時插入同類新的資料而固定簿本的位置。最後的步驟，就是「分類」。因為搜集的資料若不整理，紊無頭緒，徒亂檢查而已，故分類是絕對必要的。分類的方法可以依自己搜集材料的種類而定，大致有年代分類法、學科分類法、事件分類法、地域分類法，和筆劃分類法等。

一般來說，第二種方法要繁於第一種，但由於收容廣博，較為完美，因此常被做大學問的人採用，換言之，是較適於研究工作。至於一般人，能夠作好第一種也就不錯了，若天資高、求知慾強的人，有興趣也可以作第二種的嘗試。

沙繆爾詹森（Samnel Johnson）說：「人想要著作一本書，應該翻遍圖書館藏書中的一半。」這話雖極驚人，卻也頗有道理。不過「讀書不多，無以證斯理之變化，多而不求於心，則為俗學」，書看得多固然最好，但也不能貪多，與其貪多而失真，不如嚴謹慎重。蓋抄書與筆記的讀書方法最為中道，既可精而博之，觸類旁通，補充自己讀書之不足，並可養成寫作習慣，發展學問之於前途。像這種系統化而科學的讀書方法，正是目前一般青年學子所缺少的，其思勉之矣。

註：這是無電腦時代的刻苦讀書法，寫本文時還不知道有電腦這麼好用的東西。

一九七〇年五月十五日　首刊青年世紀九十期

一九八三年十一年十五日　繕改後刊讀書人雙月刊創刊號

荒唐的學術控告案

——清代大儒段玉裁遭今之師者控告

有清一代著名的學術名家段玉裁，已經逝去二百多年了，卻在二百多年後的今天，在台灣受到一名國文教師的控告。

這樁令人啼笑皆非的學術控告案，起因於一位侯姓教師，於本年八月間，具狀向台北地檢處板橋分處控告清朝乾隆年間學者段玉裁，涉嫌「偽造文書」。

侯姓教師控告段玉裁的原因是，認為段玉裁所著《說文解字注》一書，有「穿鑿附會」及「妄想刻求」的嫌疑，遺害後人對文字求真求實的能力，且誤引後人步入歧途，因此認為段玉裁有「偽造文書」之罪，於是提出告訴。

同時，侯姓教師又指出，某出版社大量印行這本段著《說文解字注》，應與段玉裁同罪，請求法院沒收出版社所有的《說文解字注》存書。

幸好，承辦檢察官認為段玉裁是乾隆年間人物，其身分在《說文解字注》一書之序文中已了然有指，且告發人侯某在訴狀中亦陳明段玉裁業已死亡，故依刑事訴訟法第二百五十二條第六款之規定：被告死亡者應為不起訴之處分，故檢察官在偵察終結後，簽發「不予起訴」之處分，且表明出版社本身亦無罪責可言，結束了這件荒唐的控告案。

人死了二百多年，還要接受後人的控告，段玉裁如地下有知，恐怕也會被氣炸了；而侯性教師，明知被告人已死二百多年，還理直氣壯的向司法機構提出正式控告，寧非笑談？更妙的是，誰都知道段玉裁理該無罪，偏偏檢察官的公文作業上還要「公事公辦」地引用現代法條予以正式批駁，這當真是一段為學壇憑添趣譚的逸史了。

《說文解字注》是清代大儒段玉裁的經典之作，對現代人研究古典文學來說，是一本相當受到重視的學術研究著作，但本身不能視為是一定的意思或觀念的「文書」。既非文書，自無「偽造」之嫌，而出版社發行本書，更無須負擔此項罪名。根據一般人的判斷，侯姓教師之所以做此荒唐之事，如不是矯枉過正，便是完全針對印行此書的出版商而來的，顯然是該出版商與侯某在某些節骨眼上發生了現實上的衝突所致。

不過，這件事除了給予我們笑談的資料之外，也給了我們二點啟示：

第一，「書」上的東西，也許只代表作者個人的觀點或做學問的方法而已，未必都是絕對正確。而做為一個讀書人，千萬不必死啃書本，應該「大膽閱讀，小心求證」，要懂得領會，也要懂得思考、求證和判斷。

第二，做為一個作者，應該在寫作行為上含有負責和求真的精神，筆下萬一有所偏失，不僅會招來學術上的制裁，再如碰上好鑽牛角尖的讀者，恐怕也會招來無妄之災，著作者豈可不慎矣。

一九八三年十一月十五日　讀書人雙月刊創刊號

文人與商人

楊渡（二〇〇三年）九月三日在《中時晚報》（現已停刊）發表短論〈可預見的笑話〉，對中國大陸的經濟優勢大為讚賞，在他筆下，若台灣不依附中國市場，似乎只有死路一條。他說：「不必再過幾年，人們將會講起戒急用忍，如同一個笑話」。

這個笑話，比起小蔣說「三民主義統一中國」，其實是瞠乎其後，更何況，三民主義統一中國，目前已知是個笑話，戒急用忍是否笑話，還有待未來印證。

楊渡推崇中國經濟市場，原本無可厚非，美國、日本等世界各國，都是覬覦中國的高人口、低工資，才會一一背棄台灣，他們是為了國家利益，而商人崇尚中國，也是基於商機，這些都無可厚非，文化界要去中國賺錢，也可諒解，因為「商人無祖國」。如果，楊渡是個生意人，著迷於中國商機，也許是天經地義，沒話說；但他是一個文人、一個作家，卻用自私自利的銅臭觀點來輕薄自己的國家，對一個天天說要攻打台灣的國家，卻是如此大為讚揚，這就讓我們心痛。

他說：「台灣的經營規模太小，獲利空間愈來愈小，已經難以再發展，要再開展的事業體，一定要赴大陸，即使是文化界的出版、影視、演出、寫作、繪畫等，也都在尋找大陸的空間。」

台灣商人到中國發展，縱算賺錢，依照市場法則，錢也不會留在台灣，因為依楊渡的說法，錢還是留在中國大陸投資才有出路，這樣下去，將會把台灣掏空，台灣更沒有發展經濟的空間，所以鼓勵台商去中國發展事業體，根本不是發展台灣的經濟，反而是去增加中國的經濟規模，摧毀台灣。

何況，連「寫作」也要到中國去才有空間，更是令人匪夷所思，出版業者去中國賣書，靠廣大的市場賣錢，尚情有可原，但寫作是文學志業，文人畢竟不同商人，很難想像，假如一個台灣詩人必須要去中國才有發展空間，這還是台灣詩人嗎？

台灣話說：「坐這山，看彼山」，人之常情，但作為一個作家，如此鄙視自己的國家、自己的土地，還有什麼格調？只有流行作家、言情作家，才會如此重視他們的讀者市場，做為詩人的我們，正如T・S・艾略特說：「若詩人很快地擁有廣大的讀者，那是相當可疑的，這樣的詩人恐怕沒有真正創作任何新的作品，他只不過是給人們早已習慣的……詩人在他那個時代應該有正當的少數的讀者、少數能夠鑑賞詩的前衛。」詩人，儘管不必孤高，卻不可粗鄙到出賣靈魂；作家也大可不必隨波逐流到這種地步吧！

二〇〇三年十月十五日　笠二三七期

從赫特米勒到龍應台

「井不是窗也不是鏡子。向井裡望久了，常常會望進去。那時，外公的臉就會從井底升起，停在我的臉旁。他的雙唇間是水。」

這是赫特米勒在其小說〈黑色大軸〉裡的一段文字。

赫特米勒被諾貝爾文學獎評審委員讚譽為「以凝練的詩歌和率直的散文，描述了一無所有的流亡者的處境」。

赫特米勒小說裡的文字充滿了詩歌的抒情風格，和一九六八年得獎人川端康成一樣，都是以小說裡如行雲流水的詩的文字而打動了評審的心。

她的小說裡面，用了許多天使、雲、嘴、花、夜、心、眼睛、天空等字眼，來描繪集中營裡殘酷冰冷的日子。例如：

「光線在嘴裡看著自己，雨水忘了台階，飢餓坐在盤子前狼吞虎嚥著。」

她也形容集中營的月亮「像是一杯冷牛奶」，純然是詩的描寫，非常特殊。

五十六歲的赫特米勒（Herta Mueller），是二〇〇九年諾貝爾文學獎得主，她本是德裔，卻出生於羅馬尼亞共黨獨裁者希奧斯古（Nicolae Ceausescu）統治下的小鄉村，長大後，因為拒絕在工作上為祕密警察效力而被解雇，之後陸續遭祕密警察的騷擾與脅迫，一九八七年與丈夫逃往西德移居。

赫特米勒的寫作，主要都是以在羅馬尼亞受到極權統治的經驗為題材，以及描述了流亡的生活。

赫特米勒在台灣唯一被翻成華語出版的著作，只有一九九六年的《風中綠李》（The Land of Green Plums）一書，書中描寫年輕的學生、老師和工程師等五人，為了反抗極權統治，當生命受到威脅時，他們嘗試賄賂、適應甚至反抗都無效，他們寫文章批判了希奧斯古當局，因此遭到殺身之禍，其中有人上吊身亡，有人墜樓不治，赫特米勒因此寫下「我們嘴巴裡講的話，就像踩在草叢裡的腳一樣，會蹂躪很多東西」。

這五位反抗者，讓我們聯想到江南、陳文成，你會驚訝，原來台灣也不乏這種素材。

一九八九年的《護照》（The Passport），則描寫一位追求西方民主世界的德裔羅馬尼亞人士，為了取得護照，將自己的女兒奉獻給祭司和民兵，才得到通行證，全家奔赴西德。這又讓我們想到早期台灣一窩蜂迷戀美國綠卡和美國護照的內在因素，直到現在，台灣所謂的「菁英統治階層」，幾乎每人都有綠卡與雙重國籍問題。

二〇〇一年《約定》（The Appointment）一書，一名羅馬尼亞製衣廠女工，為了逃避政府的鐵腕統治，異想天開的在賣往義大利的男士西裝裡面，偷偷用車線車上「娶我」兩個字，並附上自己的姓名和地址，冀想有一天會有一個義大利男士會來娶她，好脫離這個國家。這和台灣人冀望成為美國人的心情，幾乎也是如出一轍。

直至現在，台灣還有一群人寧願相信自己是受到美國的管轄，甚至官司還打到美國去，這種天真的想法，主要的內在因素還是在於冀望藉此脫離中國或國民黨政府的統治。

儘管西奧斯古已經倒台多年，獨裁暴夫也已經受到致命的懲罰，但是赫特米勒依然是在小說裡窮追猛打，她說：「當別人都在慶祝圍牆倒塌二十年時，我還在寫我當年逃離鐵幕的故事。」

她批評羅馬尼亞人對獨裁統治「集體健忘」，她說「他們裝作那些都已消失無踪，整個國家都罹患集體失憶症。」赫特米勒所批評的羅馬尼亞人，和台灣那些依然多數支持舊政權的人何其相像？

她認為自己並不是勇夫，她是因為「我害怕，所以我寫作」，寫作才有力量，她也嚴正批評與特務有關係的東德作家，「既不認罪，也不曾解釋發生過什麼」。

赫特米勒原是德國筆會的成員，兩德統一後，東德筆會也併入，赫特米勒因此宣告退出筆會，表明她堅決不願與東德作家待在同一寫作團體的立場。

赫特米勒曾經獲得德國的克萊斯文學獎，頒獎的評語是「極悍的作家，極強的人」，與其人真是恰如其分。

而在台灣，眾所周知，台灣筆會與中華民國筆會也是涇渭分明的寫作團體，其背後所涉及的國家認同等問題，比赫特米勒身處的德國筆會尤為複雜。

其實，在德國，赫特米勒還不算是主流的小說家，國際間對她的了解並不多，她的得獎，不僅德國人有些意外，國際間更是跌破一堆眼鏡，大家都在詢問赫特米勒何許人也，台灣知其人者更是少數，我們或許只能根據國內媒體的有限報導，略窺一二。

中國對諾貝爾文學獎一直有酸葡萄心理，最近幾年更甚，除了高行建入籍法國三年就得獎之外，諾貝爾文學獎評審對歐洲作家的青睞，更讓中國不舒服，他們認為中國有魯迅、巴金、茅盾、張愛玲，沒有理由不列諾貝爾文學獎；其實台灣人也有一些人會感到不爽，認為我們也有李敖、余光中、龍應台，卻被西方國家忽略。

中國人民網記者、新聞評論員李泓冰說：「如同博彩般的諾貝爾文學獎，似乎發誓以讓世人跌碎眼鏡為己任。……然而，該質疑的，究竟是這些資深專家的專業能力，還是諾獎評委的呢？」

上海譯文出版社副總編輯吳洪則說，諾貝爾文學獎是一個並非以「純文學」為衡量標準的獎項，除了文學性以外，更像一個政治立場、性別、國家間的平衡和博弈。所以他說，很顯然，赫特米勒還沒有進入「我們的視野」。

李泓冰並引申解釋：「政治立場，是標榜反集權反專制，有此色彩的作家，中選機會便陡然增加……。」

作家出版社編輯李宏偉認為，諾獎得主作品在中國市場的認可度處於下降態勢。他說：「從市場來說，諾獎作品在市場與公眾閱讀中的熱情，還沒有國內的茅盾文學獎獲獎作品高。」

這令人想起二〇〇八年余光中做八十大壽時，有人問他想不想獲得諾貝爾文學獎？他斬釘截鐵的說：「不稀罕！」

他表示，「我們中國人不必稀罕瑞典人的欣賞，我們不要太在乎諾貝爾獎這個事情，我覺得一位作家能被自己的民族肯定就是最大光榮」。他強調，不要把諾貝爾文學獎視作是世界文學獎，把它當作西方文學獎就好，因為它主要的是給西語系國家。

與余光中截然不同的是，過去屢見「中國觀點」的作家龍應台，雖然在中國大受歡迎，可是最近她的新書《大江大海一九四九》卻遭中國官方的封殺。龍應台在二〇〇九年的法蘭克福國際書展上，回憶十多年前她住在德國時，有一天十歲的兒子從學校帶回一份德國地圖，興奮地指出每個熟悉的地方和她討論。

她說：「那時我感到很悲傷，因為當我十歲時，我手上沒有這張自己家鄉的地圖。對戰後出生在台灣的我們這一代來說，我們只有一張中國的地圖，我們學習中國的每一座山、每一條河的名字，感覺周遭的東西都不是真的。直到八〇、九〇年代，我們才開始思考、認識自己腳下的這塊土地。」

她批評，這是「殖民者的教育方式」。

她表示，《大江大海一九四九》就是一部紀錄這塊土地上無名小老百姓們的故事，不僅關心一九四九年遷徙來台的兩百萬人民，也關心原本住在這裡的六百萬台灣人民，包括他們如何歷經殖民地統治、加入日軍作戰，又輾轉被送往大陸戰場再打一次仗。

這和赫特米勒描寫羅馬尼亞的舊時代的滄桑沒有兩樣。不同的是，赫特米勒一開始就是要把在羅馬尼亞暴政下的記憶透過寫作掀開來，找回「集體的失憶」；龍應台則似乎繞了一大圈，才看到了客觀的歷史物表。赫特米勒是對暴政的控訴，龍應台則是要「跳脫歷史黨派爭鬥」，在看待歷史和良知的決斷性上，雙方出現高低落差。

赫特米勒今年發表的小說新作《氣的鞦韆》（Atemschaukel，或譯呼吸鐘擺），描述史達林在一九四五年下令將羅馬尼亞的德裔少數族群，送上開往蘇聯的火車，到集中營做奴工的情形。赫特米勒的母親就是其中一位，她在集中營待了五年。赫特米勒則在二〇〇一年返鄉，到處訪問並記錄鄉下那些還健在的老人。

龍應台在《大江大海一九四九》記錄的也是「我的母親就是那一代人的命運縮影」，她說：「他們沒有時間告訴我們這些歷史，因為過程太痛，所以我希望藉由這本書，寫出許許多多這樣的小人物故事，撫平這段集體的記憶和集體的痛苦，並對走過這場戰爭的、受傷的上一代致敬。」

龍應台的母親在一九四九那年，隨著軍官丈夫輾轉從浙江、湖南、海南島遷徙到台灣，可說歷經顛沛流離的生活，因而將尚在襁褓中的龍應台的哥哥，留在湖南的奶奶家。據說，他哥哥小時候只要看到火車從家門前經過，便會喊著「媽媽」一路追火車跑。

這是大時代的故事，也是上一世紀的大傷痕，這個傷痕如何弭平，也許不是作家說了算，但作家從來都是戴著「社會良心」的高帽子，他們同時也在寫歷史，我們看赫特米勒從羅馬尼亞寫到德國，曾有德國籍的龍應台也從台灣寫到中國，我們不知道赫特米勒算是羅馬尼亞人，還是德國人；我們也不知道龍應台究竟自認為是台灣人還是中國人，但我們從作品中很容易分辨，赫特米勒的痛，是在羅馬尼亞，不是在德國，而龍應台的痛，是在台灣或中國，恐怕不易辨認，但我們希望確如她所說：「以身為失敗者的下一代為榮。」

二〇〇九年十二月三十日　鹽分地帶文學雙月刊二十五期

語言文學類　PG0677

詩人的作業

作　　者 / 郭成義
責任編輯 / 黃姣潔
圖文排版 / 蔡瑋中
封面設計 / 王嵩賀

發 行 人 / 宋政坤
法律顧問 / 毛國樑　律師
印製出版 / 秀威資訊科技股份有限公司
114台北市內湖區瑞光路76巷65號1樓
電話：+886-2-2796-3638　傳真：+886-2-2796-1377
http://www.showwe.com.tw
劃撥帳號 / 19563868　戶名：秀威資訊科技股份有限公司
讀者服務信箱：service@showwe.com.tw
展售門市 / 國家書店（松江門市）
104台北市中山區松江路209號1樓
電話：+886-2-2518-0207　傳真：+886-2-2518-0778
網路訂購 / 秀威網路書店：http://www.bodbooks.com.tw
國家網路書店：http://www.govbooks.com.tw
圖書經銷 / 紅螞蟻圖書有限公司
114台北市內湖區舊宗路二段121巷28、32號4樓
電話：+886-2-2795-3656　傳真：+886-2-2795-4100

2011年12月BOD一版
定價：330元

國家圖書館出版品預行編目

詩人的作業 / 郭成義作. -- 一版. -- 臺北市 : 秀威資訊科技, 2011. 12
面； 公分. --（語言文學類 ; PG0677）
BOD版
ISBN 978-986-221-875-4（平裝）

1. 新詩 2. 詩評

820.9108 100022661

讀者回函卡

感謝您購買本書，為提升服務品質，請填妥以下資料，將讀者回函卡直接寄回或傳真本公司，收到您的寶貴意見後，我們會收藏記錄及檢討，謝謝！
如您需要了解本公司最新出版書目、購書優惠或企劃活動，歡迎您上網查詢或下載相關資料：http:// www.showwe.com.tw

您購買的書名：______________________________

出生日期：________年________月________日

學歷：□高中（含）以下　□大專　□研究所（含）以上

職業：□製造業　□金融業　□資訊業　□軍警　□傳播業　□自由業
□服務業　□公務員　□教職　□學生　□家管　□其它____

購書地點：□網路書店　□實體書店　□書展　□郵購　□贈閱　□其他

您從何得知本書的消息？

□網路書店　□實體書店　□網路搜尋　□電子報　□書訊　□雜誌
□傳播媒體　□親友推薦　□網站推薦　□部落格　□其他________

您對本書的評價：（請填代號　1.非常滿意　2.滿意　3.尚可　4.再改進）

封面設計____　版面編排____　內容____　文／譯筆____　價格____

讀完書後您覺得：

□很有收穫　□有收穫　□收穫不多　□沒收穫

對我們的建議：______________________________

____

____

____

請貼
郵票

11466
台北市內湖區瑞光路 76 巷 65 號 1 樓
秀威資訊科技股份有限公司 收
BOD 數位出版事業部

（請沿線對折寄回，謝謝！）

姓　　名：＿＿＿＿＿＿＿＿　年齡：＿＿＿＿　性別：□女　□男

郵遞區號：□□□□□

地　　址：＿＿＿＿＿＿＿＿＿＿＿＿＿＿＿＿

聯絡電話：(日)＿＿＿＿＿＿＿＿(夜)＿＿＿＿＿＿＿＿

E-mail：＿＿＿＿＿＿＿＿＿＿＿＿＿＿＿＿